IN-KYUNG BAE

A Pequena Loja de Conveniência da Galáxia

Tradução

Jin Yoon

Panini
Barueri, 2025

A Pequena Loja de Conveniência da Galáxia

PANINI GROUP
CEO América Latina: Ivam Faria
Diretor de Publicação e Licenciamento: Marco M. Lupoi

PANINI BRASIL LTDA.
Diretora de Marketing e Editorial, Colecionáveis e Publicações: Martina Limoni; Diretor Administrativo e Financeiro: Fábio Trigo Martins; Diretor de Distribuição: Gilberto Finotto Gil; Gerente Editorial: Guilherme Kroll; Especialista de Licenciamento: Sandra Fujishiro; Editor: Pedro Catarino; Assistente Administrativa: Bruna Tiemi Okubo; Analista de Marketing Sênior: Camila Fernandes Martins; Gerente de Distribuição: Genésio Cruz Oliveira Jr.; Coordenador de Inteligência Comercial: Rodrigo Felipe Lucizano.

PUBLICIDADE:
comercial@panini.com.br

ASSESSORIA DE IMPRENSA:
assessoriadeimprensa@panini.com.br

PLANEJAMENTO E CONTROLE DE PRODUÇÃO
Gerente Industrial: Edson Aprijo de Farias

Esta publicação foi impressa na Gráfica Corprint. Distribuída em todo o país por PANINI BRASIL LTDA. "A pequena loja de conveniência das galáxia" é uma publicação especial da Panini Brasil Ltda. Administração e Publicidade: Alameda Caiapós, 425 - Tamboré - Barueri - CEP 06460-110 - SP - Brasil. CEP 05078-100. Fone/fax: (11) 3024-7707. Edição brasileira: Panini Brasil Ltda.

Dados Internacionais de Catalogação na Publicação (CIP) de acordo com ISBD

B139l Bae, In-kyung

A pequena loja de conveniência da galáxia / In-kyung Bae ; traduzido por Jin Yoon. – Barueri, SP : Panini Brasil, 2025.

192 p. ; 16cm x 23cm.

ISBN: 978-65-259-3580-5

1. Literatura. 2. Preconceito. 3. Diversidade. 4. Sci-fy. I. Yoon, Jin. II. Título.

2025-1425 CDD 800
CDU 8

Elaborado por Vagner Rodolfo da Silva - CRB-8/9410
Índice para catálogo sistemático:
1. Literatura 800
2. Literatura 8

Lançamento: Junho/2025.

PRODUÇÃO EDITORIAL
Reação Consultoria, Diretor: Luiz Fernando Pedroso
Editora-chefe: Chiara Ciodarot
Editora: Elimar Souza
Diagramação e capa: Sara Vertuan
Tradução: Jin Yoon
Preparação de texto: Luizyana Poletto
Revisão de texto: Equipe Reação

PANINI BOOKS

MISTO
Papel | Apoiando o manejo florestal responsável
FSC® C119624
FSC www.fsc.org

www.panini.com.br
@paninibooksbr

Sumário

Prólogo

Em algum lugar da 44ª galáxia, há um terminal de baldeação decadente.

Para ser mais exato, esse terminal fica na 44ª galáxia, no Sistema Solar, no planeta Terra, no Continente Asiático, na República da Coreia, na cidade de Seul e nos arredores do mercado de Bongcheon-dong. Não é um lugar onde alguém gostaria de permanecer por muito tempo. Bancos sujos, paredes construídas às pressas com tijolos e madeira, uma bilheteria apertada e um funcionário rabugento sentado lá dentro... Quem viria a um lugar desse? Ainda assim, de maneira surpreendente, muitos viajantes passam por ali.

Afinal, quem se preocupa com o luxo de um terminal de baldeação? Um terminal é como um túnel – ninguém fica lá por muito tempo. A multidão de passageiros que chega de uma vez só percorre a plataforma estreita de um lado para outro, esperando pela próxima nave espacial, apenas desejando sair deste lugar sem importância o mais rápido possível e chegar ao seu destino.

O tempo de espera em um terminal de baldeação parece flutuar, passando mais devagar que o normal. Os passageiros olham de forma distraída para as paredes lisas e sem adornos ou desdobram e dobram as passagens enrugadas, lendo repetidamente os horários de partida pouco interessantes para matar o tempo. Apesar desses esforços, logo percebem que ainda falta muito para a próxima etapa da viagem. Eventualmente, todos acabam indo para o mesmo lugar: uma loja de conveniência deteriorada, em condições ainda piores que o próprio terminal.

O lugar, que já existia muito antes da construção do terminal, pertencia ao senhor Won Dong-ung.

O Sr. Won Dong-ung carregava dois cartões de visita dentro de um porta-cartões caro que comprou no mercado de Dongmyo. O primeiro o apresentava como "Especialista em Gestão de Lojas de Conveniência, vinte e três anos de experiência" – claro, o número aumentava a cada ano. O segundo cartão dizia "Especialista em Investimentos". Sempre que encontrava alguém, ele abria o porta-cartões com orgulho – sem deixar de exibir discretamente a marca – e entregava os dois cartões. Geralmente, ao receber o primeiro, as pessoas sorriam com discrição diante da fonte *arial* exageradamente grande e do olhar confiante do Sr. Won Dong-ung. Mas, ao ler o segundo cartão, perguntavam: "Que tipo de investimento o senhor faz?"

Se o primeiro cartão refletia sua vida sem filtros, o segundo era bem mais vago. Sem nome de empresa ou logotipo, apenas "Especialista em Investimentos" em uma fonte *cormorant*, seguido do telefone de sua casa e do endereço da conveniência. Isso resumia com perfeição sua carreira incerta no mundo dos investimentos. Sempre que ouvia palavras como "desenvolvimento", "ações" ou "rentabilidade" em conversas de clientes que bebiam cerveja na frente de seu estabelecimento, ele servia um petisco grátis e se juntava ao papo. Até mesmo seus recomendados do YouTube eram cheios de vídeos do tipo "Como juntar um milhão sem abrir mão dos prazeres da vida" e "Investimentos: oportunidade de ouro agora!".

O problema era que o pequeno e modesto comércio – seu único patrimônio – estava longe de ser suficiente para concretizar seus sonhos grandiosos. Sua crescente ambição como investidor não combinava em nada com os nabos secos que comia no jantar, o balcão empoeirado ou com a camisa de sete mil wons já desfiada nas mangas. O suspiro de frustração ficava cada vez mais profundo. Até que, um certo dia, uma notícia despertou sua esperança: um terminal de baldeação intergaláctico seria construído em sua vizinhança!

A 44ª galáxia, onde a Terra se encontrava, era uma região esquecida do Universo. Com poucos seres vivos e pouco valor econômico ou cultural, não despertava o interesse da maioria das civilizações inteligentes do espaço, exceto por algumas galáxias que começaram a interagir recentemente. A Terra, o único planeta habitado dali, era praticamente uma ilha deserta no oceano do Cosmos – um lugar marcado no mapa estelar, mas sem qualquer razão para ser visitado.

O único motivo para a construção do terminal intergaláctico em Bongcheon-dong foi o colapso de um buraco negro na 38ª galáxia. Era uma passagem dimensional usada para viagens interestelares – conhecido como "buraco de minhoca" na Terra. Quando desapareceu, muitas rotas entre os planetas foram cortadas. Um grupo de especialistas com dificuldades encontrou um antigo portal dimensional, esquecido há muito tempo, que conectava algumas galáxias à Terra, mais precisamente a um local próximo ao mercado de Bongcheon-dong. Embora a nova rota não permitisse voos diretos como antes, os viajantes poderiam usar esse caminho como um ponto de baldeação.

O governo da 38ª galáxia entrou em contato com a Organização de Relações Intergalácticas da Terra para discutir seu uso. Após algumas negociações rápidas, a equipe da Terra concordou com a venda do terreno em Bongcheon-dong, Seul, para a construção do terminal. Como o plano era temporário – até que uma nova passagem direta fosse descoberta – o orçamento para a obra foi reduzido ao mínimo. No entanto, por uma questão diplomática, a palavra "temporário" foi omitida dos documentos enviados aos habitantes da Terra. Assim, os moradores de

Bongcheon-dong, subitamente expostos à realidade dos "alienígenas" e das "galáxias", acabaram sentindo pena do orçamento limitado ao verem a simplicidade do terminal.

Quando o Sr. Won Dong-ung soube que terrenos em Bongcheon-dong, incluindo o da sua conveniência, estavam sendo comprados por seres de outro mundo, ele enxergou uma grande oportunidade. Decidiu resistir para conseguir a maior indenização que conseguisse – seu primeiro grande "investimento".

Seria possível que alguém, em um lugar onde se pode viajar entre galáxias, brigaria por alguns trocados? O Sr. Won Dong-ung chamou a dona da loja de óleos, o amigo da loja de bolos de arroz e o rapaz da loja de vegetais e formou o "Comitê de Oposição ao Terminal Espacial" para protestar contra a remoção das lojas e exigindo seus direitos. Cheio de expectativas, o Sr. Won Dong-ung começou a assinar todos os jornais econômicos do bairro – os brindes das assinaturas também eram bastante atraentes. Enquanto estava imerso nos jornais empilhados como uma montanha, sublinhando e pensando, animado, sobre qual seria o próximo investimento, ele recebeu uma ligação. Será que foi porque as pessoas que se reuniram não sonhavam com investimentos como ele? Do outro lado da linha, o rapaz da loja de vegetais, o mais jovem de todos, explicou em detalhes as dificuldades que estavam enfrentando:

— O senhor sabe que a esposa do dono da loja de bolos está doente, certo? Ele precisa da indenização para pagar a cirurgia. E eu… eu sempre quis sair deste bairro. Se esperarmos demais, talvez perca essa chance. — A dona da loja de óleo, que até então era a defensora mais fervorosa do comitê por não querer perder o seu estabelecimento cheio de lembranças acumuladas ao longo de décadas, pareceu ter descoberto os planos do Sr. Won Dong-ung — Ela gritou, dizendo que foi usada e que o papo de proteger a nossa fonte de sustento era uma mentira, se o objetivo final sempre foi dinheiro. Disse que foi idiota por ter carinho por essa vizinhança e que ia vender a loja imediatamen… não, eu só repassei o que ouvi.

Assim, um por um, os comerciantes venderam as propriedades e partiram. Sozinho, cercado por pilhas de documentos e reuniões com funcionários do governo, o Sr. Won Dong-ung viu sua vizinhança ser destruída. Gritos entre os comerciantes e os responsáveis pelo projeto, as cercas de obras, o som das máquinas…

E quando se deu conta, sua pequena loja de conveniência continuava lá, intacta – mas agora no meio do recém-inaugurado Terminal de Baldeação da 44ª galáxia.

Em outras palavras, a conveniência perdida no terminal podia ser considerada o resultado da junção de dois cartões de visita do Sr. Won Dong-ung, impressos em papel importado de alta qualidade, ou ainda, o resultado da união de dois sonhos. Mas será que ele estava satisfeito com esse resultado? Isso já é outra história.

EP 1.

Algo escuro e pegajoso

A pequena loja de conveniência do Sr. Won Dong-ung ficava voltada para o sul.

A parede de gesso, que deixava branca as costas de quem se encostasse nela, as telhas de plástico quebradas, as caixas que se espalhavam do lado de fora por causa da falta de espaço interno, a máquina de fliperama quebrada que estava ali há cerca de dez anos e os pôsteres fora de moda e desbotados de bebidas alcoólicas com celebridades sorrindo… essa conveniência envelhecida parecia sempre acolhedora graças à luz do sol que a banhava pela manhã e à tarde.

Diante da loja, havia um estrado de madeira que o Sr. Won Dong-ung encontrou em algum lugar e colocou ali. Acima dele, um enorme salgueiro projetava uma sombra tranquila. Os clientes idosos, que eram frequentadores assíduos, passavam horas sentados ali, movendo-se da beira ensolarada do estrado quando fazia frio para a sombra refrescante quando estava calor.

Mas aquele maldito terminal... Sr. Won Dong-ung franziu a testa com desgosto. Desde que construíram o lugar ao redor de sua loja, a direção do sol já não fazia mais diferença alguma. Cercada por uma parede monótona de tijolos vermelhos e raízes de árvores retorcidas, a aconchegante e preciosa conveniência agora parecia sombria e até um pouco deprimente.

Ele suspirou, sentado no estrado.

Era o primeiro dia de funcionamento do terminal. Depois de passar três meses desconfortáveis na casa da filha durante a obra, ele finalmente estava de volta. No entanto, sua loja, que antes era tão familiar, parecia um pouco estranha. A conveniência pequena e antiga, espremida no canto daquela construção alienígena, parecia um OVNI caído do céu.

Mas o pior de tudo eram os clientes. A Companhia de Construção de Trânsito da 38ª galáxia, desprovida de qualquer senso humano, havia comunicado todas as decisões importantes apenas por escrito: o cronograma da construção, a nova situação de seu comércio... tudo entregue em meros documentos. O Sr. Won Dong-ung não fazia ideia de como seriam esses "alienígenas" que agora comporiam sua clientela, nem como se comunicavam. Aliás, nem sequer sabia se eram seres vivos.

A Organização de Relações Intergalácticas, que representava a Terra nas negociações, parecia não se importar muito com a situação.

— Ultimamente, as conexões com outras galáxias estão aumentando tanto que já estamos tendo problemas. Ah, seria ótimo se parassem de se conectar por um tempo... — murmurou um funcionário coreano da organização, que foi enviado ao mercado de Bongcheon antes do início da construção.

— Essa 38ª galáxia é uma novidade para nós também. Pelo menos, tem uma flora e cultura semelhantes às da Terra, o que já é um alívio. Existem galáxias totalmente diferentes, e nesses casos o trabalho triplica...

O Sr. Won Dong-ung interrompeu a fala arrastada do funcionário com um grito:

— Como é que eu vou vender para alienígenas? Vou até aceitar aquele valor inicial que me ofereceram. Quero vender essa porcaria agora!

— Ah, você devia ter decidido antes. Eles ficaram superfelizes, sabia? Disseram que não tinham recursos para instalações de conveniência e ficaram aliviados em saber que o senhor ia continuar aqui. E antes que eu me esqueça, preciso revisar os padrões de segurança alimentar deles. Envie-me uma lista de seus produtos antes do fim da obra. — O funcionário coreano acrescentou de maneira indiferente, folheando distraidamente seus documentos — Ah, e sobre o terminal... decidiram que ele será fechado ao público. Nem terráqueos poderão entrar, nem os alienígenas sair. Só o senhor receberá uma chave de acesso. Não deixe qualquer um entrar, entendeu?

— O quê? Então eu tenho que apodrecer aqui sozinho, no meio desses alienígenas? E minha filha? Não posso mais encontrar ninguém?

— Ai, ai... Então vou te dar uma chave reserva. Por favor, cuide bem dela. Se as pessoas começarem a entrar e sair, meu trabalho vai aumentar.

— Mas e quanto ao meu estoque? Como vou trazer os produt...

— Se tiver algum problema, é só me avisar. E quando receber a pesquisa de avaliação do meu serviço, marque a opção um para "muito atencioso", por favor.

O funcionário coreano, que já havia dito o que precisava, colocou os fones de ouvido e desapareceu, deixando o Sr. Won Dong-ung, que ainda tentava protestar, para trás.

Assim, o Terminal de Baldeação da 44ª galáxia tornou-se um lugar exclusivamente frequentado pelos alienígenas da 38ª galáxia. E isso significava que, agora, o Sr. Won Dong-ung teria que lidar exclusivamente com os clientes alienígenas. Mesmo depois de vinte e três anos em sua loja, o ambiente parecia estranho, e a ideia de ter que lidar com seres ainda mais estranhos – os alienígenas – o deixava angustiado. Ele sentia como se estivesse envelhecendo cada vez mais só de pensar nisso. No entanto, não podia simplesmente abandonar a loja e fugir.

O Sr. Won Dong-ung estreitou os olhos e olhou fixamente para o fundo do corredor vazio. De acordo com o que ouviu antes da obra, o terminal foi projetado em forma de uma rosca quadrada, com a parte central vazia. Era nesse centro que ficavam as plataformas para os alienígenas. Como não queriam que os terráqueos vissem os deslocamentos, projetaram o local de modo que o corredor longo circundasse a plataforma, criando uma espécie de muro. Pelo que ele via, não parecia haver uma porta para o lado de fora, então provavelmente o local teria uma entrada do lado oposto de sua conveniência.

Quando a porta da plataforma se abrisse e os alienígenas começassem a aparecer no corredor vazio, seu comércio voltaria a funcionar. O Sr. Won Dong-ung tentou se manter confiante. Ele se lembrava de ter ouvido que a cultura deles era parecida com a da Terra, então, bastava seguir o que já fazia. Afinal, ele não era um especialista em administração de lojas? Com vinte e três anos de experiência, já havia lidado com os mais variados tipos de clientes, de modo que se considerava um verdadeiro especialista na gestão de lojas de conveniência. Além disso, com o terminal vazio e sem as lojas que se multiplicavam rapidamente, ele tinha o monopólio sobre os consumidores do terminal. Talvez estivesse prestes a fazer uma fortuna, se aproveitasse bem essa oportunidade. Se conseguisse deixar uma boa impressão e aumentar as vendas, poderia até expandir o negócio. Quem sabe sua loja não se tornasse uma franquia, indo além das fronteiras terrestres e alcançando outras galáxias?

Com esse pensamento, o Sr. Won Dong-ung pegou as pilhas de panfletos que havia preparado enquanto estava na casa da filha e os segurou com firmeza. Alisou a roupa e trocou o gorro velho por um chapéu mais firme. Tirou as sandálias que usava no trabalho e pegou um par de sapatos que só usava em reuniões de investimento. Como não encontrava a calçadeira, os colocou de qualquer jeito, amassando a parte de trás.

Finalmente, do outro lado do corredor, silhuetas começaram a surgir. Eram os alienígenas da 38ª galáxia.

No começo, tudo parecia ótimo, como nadar sob as estrelas.

Talvez porque era o primeiro dia de funcionamento do terminal, ou talvez porque a 38ª galáxia fosse um lugar cheio, mas havia mais usuários do que o esperado usando o terminal. O corredor, antes vazio, logo se encheu de alienígenas de todas as formas e tamanhos.

Os passageiros, que passeavam pelo monótono corredor do terminal, começaram a se dirigir para a conveniência. Ao vê-los se aproximando, o Sr. Won Dong-ung sentiu um tremor no peito. Nem mesmo no seu dia de maior sorte, quando um ônibus cheio de turistas famintos parou por um breve momento em frente à sua loja, houve tanta clientela como hoje.

O Sr. Won Dong-ung deu seu sorriso de vendedor, sua arma secreta. Os alienígenas não pareciam tão assustadores quanto ele imaginava. Como o funcionário da Organização de Relações havia dito, eles eram, na maioria das vezes, parecidos com os terráqueos, com pequenas variações na cor da pele, pelos e trajes. Sr. Won Dong-ung agradeceu por não serem os monstros grotescos que ele via nos filmes. Estava feliz por estarem visitando sua loja. Agora, parecia que uma vida de sucesso estava se abrindo diante dele.

Porém, nem tudo que reluz é ouro. A estrela cadente que promete realizar um desejo pode, na verdade, ser um pedaço de lixo espacial caindo sobre sua cabeça. A alegria do Sr. Won Dong-ung, que acreditava ter tido "sorte", não durou muito.

Assim que os alienígenas entraram na loja e começaram a falar, Sr. Won Dong-ung sentiu um pressentimento ruim. Ele não conseguia entender uma única palavra do que diziam. Além das diferenças linguísticas, com sons estranhos como zumbidos ou apitos, alguns até tentavam se comunicar com ele de uma forma que não podia considerar "fala".

— Bem... bem-vindos, senhores alienígenas?

Os clientes pareciam não ouvir suas palavras. Continuavam apontando para o dispositivo nos ouvidos e, sem nenhuma permissão, pegavam panfletos e produtos das prateleiras.

O sorriso do Sr. Won Dong-ung foi rapidamente desaparecendo.

Alienígenas de grande porte começaram a agitar os braços e a derrubaram produtos das prateleiras. Uma criatura de pele escorregadia espalhou revistas por toda a loja, cobertas por uma substância viscosa. Alienígenas menores brincavam com a caixa registradora e pegavam o troco. Alguns ficaram ali, em pé, abrindo pacotes de comida e experimentando.

— Ei, por que estão pegando o dinheiro? Não, não coma isso! Tem que pagar antes de comer!

Os alienígenas, que aparentemente não entendiam suas palavras, pareciam achar que tudo na loja era uma amostra grátis. Eles se divertiam pegando doces coloridos e saboreando-os. Enquanto os observava indo de um lado para o outro e pegando coisas, um deles saiu da loja com um pacote de biscoitos.

O Sr. Won Dong-ung perdeu a paciência.

— Ei! Se você sair sem pagar, vou te seguir até o fim da Terra... não, até o fim do Universo!

Os alienígenas continuavam conversando entre si em uma língua estranha, sem prestar atenção nos gritos desesperados do Sr. Won Dong-ung. Diversos rostos alegres, de formas e cores variadas, mostravam a ele os itens que haviam escolhido e deixavam os objetos, que mais pareciam uma coleção de lixo recolhido do chão, na bancada do caixa antes de saírem: montes de sucata, pedaços de papel amassados, pedras de formas bizarras eram despejados no balcão enquanto as prateleiras se esvaziavam rapidamente.

Um dos alienígenas, que fingia fumar algo parecido com charuto, jogou a cinza por toda parte. Por azar, as brasas caíram em uma pilha de papel higiênico, pegando fogo imediatamente.

— Ai, meu Deus, isso é papel higiênico texturizado de folha tripla! — disse o Sr. Won Dong-ung, apressando-se para descer do balcão. Aparentemente, os alienígenas achavam que aquilo era uma espécie de show pirotécnico, e começaram a se reunir para observar.

Forçando-se através da multidão curiosa, o Sr. Won Dong-ung empurrou um deles que estava tentando usar um novo papel para alimentar o fogo e gritou:

— Saiam! Saiam todos agora mesmo! — Com um gesto impaciente, ele os empurrou sem piedade, mandando-os para fora da conveniência.

Alguns murmuravam descontentes enquanto eram empurrados. O Sr. Won Dong-ung fechou a porta de correr, o que fez a loja cair em um silêncio profundo.

Os alienígenas bateram algumas vezes na porta, como se estivessem protestando, e logo depois foi possível ouvir o som de passos se afastando. Provavelmente, vagariam pelo terminal para passar o tempo até a hora da partida.

O Sr. Won Dong-ung permaneceu ali, parado por um longo tempo. Atrás dele, ouvia-se o som crepitante do papel higiênico queimando. Ele ergueu a cabeça e viu a loja completamente bagunçada.

Não pode ser, ele pensou. Expandir o negócio atendendo alienígenas? Era impossível. Como lidar com essas criaturas que não falavam sua língua, que não tinham respeito algum e que traziam apenas confusão? O lugar por onde passaram parecia exalar um cheiro enjoativo – na verdade, era apenas o cheiro do papel queimando. Só de pensar em ter que viver entre eles pelo resto da vida sentiu um arrepio de repulsa. Seria bom se pudesse simplesmente pegar a loja com uma colher gigante e movê-la para outro lugar, mas parecia que a única opção que lhe restava era abandoná-la e partir.

No entanto, ele não podia fazer isso.

O homem observou cada detalhe da loja. Era o estabelecimento que havia administrado por vinte e três anos e, antes dele, sua mãe por dezessete anos. Ele não podia deixar este lugar. A conveniência representava sua vida inteira.

Ele puxou o chapéu que estava usando.

— Maldito terminal! Maldita 38ª galáxia!

Sentado nas caixas de cerveja empilhadas ali perto, ele gritou para a loja vazia:

— Malditos alienígenas!

Durante muito tempo, ninguém mais entrou. Talvez a notícia da loja terrivelmente antipática já tivesse se espalhado. Mas então, ele ouviu o som da porta se abrindo. O homem, sentado de costas, falou de forma ríspida:

— Não estamos abertos, vá embora.

Obviamente, o alienígena não compreendeu suas palavras. Os passos se aproximaram e o cheiro fétido foi ficando mais forte, seguido por um idioma incompreensível. O Sr. Won Dong-ung virou a cabeça.

Era um alienígena maltrapilho, com a pele levemente avermelhada, um tom mais alaranjado que o de um humano, e cabelo seco e emaranhado. A voz baixa era quase abafada pelos sons do ambiente e o Sr. Won Dong-ung achou que suas palavras soavam como grãos de areia caindo.

O alienígena estendeu a mão, coberta por uma substância viscosa preta e pegajosa. O Sr. Won Dong-ung fechou os olhos com frustração, tocando a têmpora.

— Que tipo de maldição é essa? Com essa idade, eu tendo que lidar com extraterrestres…

O alienígena, com uma aparência miserável, apontava alternadamente para algo escuro que estava em suas mãos e para os itens na prateleira da loja. Pelo que parecia, ele queria fazer uma troca. O Sr. Won Dong-ung balançou a cabeça, decidido.

— Sem dinheiro? Vá embora! Ok?

Com suas palavras claramente incompreensíveis para um alienígena, Sr. Won Dong-ung fez um gesto para que o cliente saísse, mas ele pareceu confuso. Revirou os olhos antes de insistir novamente, estendendo a mão. Aproximou-a do rosto do Sr. Won Dong-ung. Ele não sabia o que o alienígena estava segurando, mas tinha certeza de que não queria tocar. Então recuou, com repulsa.

— Eu disse para você ir embora! — ele gritou, empurrando o extraterrestre que exalava um cheiro esquisito.

Ele não ofereceu resistência alguma. O Sr. Won Dong-ung sentiu o tremor em suas mãos ao empurrá-lo até a porta da conveniênvia. O alienígena estava tremendo.

O Sr. Won Dong-ung afastou as mãos dele, e novamente o ser estendeu o objeto sujo e pegajoso. Mas, desta vez, o gesto foi ainda mais tímido. O alienígena, que vestia um grande cachecol com uma estampa estranha, estava coberto da cabeça até o pescoço e parecia estar com frio devido ao clima de início de outono da Coreia. Tremendo, apontava para um cobertor de estampa xadrez, que, no passado, era muito popular entre os estudantes. Provavelmente, ele havia entrado na loja após uma tentativa falha de resistir ao frio do terminal, onde não havia aquecedores e depois de contar o dinheiro que tinha e se arrumar.

— Eu não posso simplesmente dar um cobertor que está à venda… bem, entre por enquanto — disse o Sr. Won Dong-ung, sem energia.

Sentado ao lado de uma caixa de cerveja vazia, o dono da conveniência jogou alguns pedaços de carvão na lareira, onde o papel já havia queimado, e bateu nas caixas de soju ao seu lado, indicando ao alienígena para se sentar. O ser se aproximou com cuidado e se acomodou.

O carvão estalava à medida que queimava. O alienígena, que estava sentado na beirada da caixa, se inclinou lentamente em direção à lareira. O tremor em seu corpo diminuía gradualmente. O Sr. Won Dong-ung o olhou discretamente. A luz tremeluzente do fogo tocava sua pele de tom escarlate, fazendo parecer que ele estava queimando.

O olhar do Sr. Won Dong-ung se fixou no velho aparelho preso à sua orelha.

— Vi que cada um de vocês tem um desses dispositivos. O que é?

O extraterrestre pareceu ter ficado surpreso com a pergunta. O Sr. Won Dong-ung tocou sua própria orelha.

— Eu estou falando desse aparelho que está na sua orelha.

O alienígena parecia um pouco hesitante, mas então, com uma expressão decidida, acenou com a cabeça. Ele retirou o aparelho da orelha com cuidado e o entregou ao Sr. Won Dong-ung. Sua mão tremia um pouco ao fazer isso. O homem fez um gesto de recusa.

— Não, não estou pedindo para você me dar... acha mesmo que vou pegar suas coisas só porque deixei você se esquentar um pouco?

O alienígena olhou alternadamente para o aparelho e para o Sr. Won Dong-ung, com uma expressão confusa. O homem fez questão de mostrar que não estava interessado no aparelho, virando-se em direção à lareira. O fogo estalava suavemente. Um som sutil de movimentos chegou aos seus ouvidos. Era o alienígena colocando novamente o aparelho na orelha.

O fogo incomodava o Sr. Won Dong-ung.

Ele quase nunca usava a lareira, pois sempre que o fazia, sentia dor nas cicatrizes de queimaduras que tinha desde a infância. Parecia ouvir risadas baixas, chamando-o de alienígena. *E agora, eu realmente estou me aquecendo ao lado de um alienígena*, pensou com um olhar melancólico.

De repente, a porta se abriu com um rangido. Tanto o Sr. Won Dong-ung quanto o alienígena se assustou e olhou para trás. Uma extraterrestre usando um terno que parecia um vestido longo e elegante, entrou.

— Estamos fechados — o Sr. Won Dong-ung murmurou, desanimado.

Ignorando a resposta, se aproximou e parou em frente ao Sr. Won Dong-ung, dizendo algo enquanto estendia a mão. Ela segurava um aparelho liso e brilhante, o mesmo tipo de dispositivo que os outros alienígenas usavam nos ouvidos. Antes que o Sr. Won Dong-ung pudesse dizer algo, a alienígena colocou o aparelho em sua orelha. Após um som de "*pfit*", a voz dela ecoou em seus ouvidos.

— O senhor está me ouvindo? Está ouvindo?

— O que é isso? — o Sr. Won Dong-ung perguntou, surpreso.

— O que mais poderia ser? É um tradutor. Um dos melhores que temos na nossa embaixada. Ai, esse pessoal da Companhia de Construção… eles são tão enrolados.

— Tradutor? Está dizendo que isso traduz?

A alienígena de terno estava totalmente concentrada em examinar o aparelho na orelha do Sr. Won Dong-ung.

— Sim. Não se esqueça de que tanto quem fala quanto quem ouve devem usá-lo. Ah, como saí às pressas, ele não está totalmente carregado, mas trouxe um carregador para o senhor. Use-o quando a bateria acabar.

— E quem é você?

— Não me apresentei. Sou Kuhina, uma das embaixadoras plenipotenciárias da 38ª galáxia. Pode me chamar de Elé. – A embaixadora continuou a falar de maneira animada. — Hoje pela manhã, tivemos algumas queixas de usuários do terminal, dizendo que não conseguiam se comunicar com o dono da loja. Depois de investigarmos um pouco mais, descobrimos que a Companhia de Construção de Trânsito não tomou nenhuma providência, mesmo sabendo que este estabelecimento era operado por um ser local.

— Os alienígenas não pagaram pelos produtos e só deixaram objetos estranhos! — o Sr. Won Dong-ung gritou, apontando para os itens acumulados no balcão.

— Ah… esses são os pagamentos. A Companhia de Construções fará o câmbio regularmente. Eles não te informaram isso também? Outra coisa, a palavra "alienígena" não é muito apropriada. O senhor provavelmente não sabia, mas é melhor evitar usá-la.

— Eles simplesmente levaram os meus produtos como se estivessem roubando!

— Vamos ver — a extraterrestre de terno olhou os objetos na mesa.

— Não há etiquetas de preço ainda, certo? Bem, parece que todos pagaram de acordo com o que acharam justo. Não tenho como saber o quanto o senhor ganhou hoje, mas certamente foi um bom lucro.

Após dizer isso, ela virou a cabeça e começou a observar atentamente o balcão onde estavam pendurados os petiscos.

— Aliás… não tem como vir até aqui e não experimentar uma comida nova. Isso aqui é comestível? Todos os produtos passaram no teste de segurança alimentar, certo?

Ela pegou um pacote de castanhas e colocou algumas pedrinhas no balcão.

— Isso deve bastar. Se precisar de mais, me avise. Provavelmente, voltarei em breve. E o senhor precisa fazer as etiquetas de preço logo.

A alienígena abriu o pacote, sentiu o cheiro e sorriu satisfeita antes de se inclinar com um gesto de respeito.

— Bem, vou indo. Nos vemos em breve.

Ela se virou para a porta. O Sr. Won Dong-ung, que estava observando a pedra pequena com desenhos, a seguiu e, em voz baixa, perguntou:

— Por acaso, entre os alienígenas, existe algum tipo de dinheiro que seja escuro e pegajoso?

— Já disse para o senhor não usar a palavra "alienígena". Nos chame de "pessoas"… Enfim, dinheiro pegajoso?

A voz do Sr. Won Dong-ung ficou ainda mais baixa:

— Como é que se troca esse tipo de coisa? É que aquele alienígena estava tentando pagar com algo assim. E eu não sei como é o dinheiro de vocês.

A embaixadora lançou um olhar de relance para o extraterrestre que estava sentado diante da lareira e, por um instante, um traço de desprezo passou pelo seu rosto.

— Aquela espécie… bem… o melhor é não aceitar nada dele. Se o senhor pegar, ele vai exigir dinheiro. Fique esperto.

— Por quê? Ele é uma pessoa estranha? — o Sr. Won Dong-ung perguntou sussurrando, e a alienígena de terno sorriu, sem graça.

— Bem, não é exatamente isso… mas, nossa, como ele comprou a passagem? Será que entrou escondido?

A embaixadora disse que o horário de embarque estava próximo e se apressou a sair. O Sr. Won Dong-ung voltou para o balcão e olhou o extraterrestre que estava sentado perto da lareira. O tremor no corpo dele havia desaparecido, e ele estava imóvel na sombra da lareira, como se não quisesse ser notado pela embaixadora.

O Sr. Won Dong-ung ainda refletia sobre as últimas palavras da mulher. *Será que é um imigrante clandestino?*, pensou. *Não é da minha conta, mas... ele não parece um criminoso.* Então percebeu que o alienígena estava descalço. Neste momento, o outro se levantou abruptamente. O Sr. Won Dong-ung, que o observava com o canto dos olhos, se assustou.

O extraterrestre se aproximou e novamente estendeu aquele objeto.

— Ah, não, já disse que está tudo bem. Já se aqueceu o suficiente? Então você não vai mais precisar de um cobertor.

Apesar da recusa do Sr. Won Dong-ung, o outro respondeu:

— Se você aceitar isso, eu ficarei ainda mais grato.

O aparelho antigo parecia traduzir de forma um pouco rudimentar, diferente do que a embaixadora estava usando e cuja fala era traduzida de forma fluida. De vez em quando, também havia um chiado misturado ao som. Algo escuro e pegajoso reluzia nas mãos do alienígena, e o Sr. Won Dong-ung reconheceu algo familiar, que lhe trazia memórias da infância.

— Eu só queria oferecer algo, amigo.

O alienígena colocou o objeto pegajoso, que parecia uma escova de sapatos velha, no chão. Ele fez o Sr. Won Dong-ung se sentar na cadeira perto da lareira, tomando cuidado para que sua roupa suja não tocasse em outros objetos. Então tirou os sapatos do Sr. Won Dong-ung e colocou em seus pés os chinelos que estavam ao lado. Sem perceber, o Sr. Won Dong-ung olhou rapidamente para a porta, que estava fechada. De qualquer forma, aquele alienígena também não tinha sapatos.

Com a voz suave como grãos de areia e um olhar sereno, o alienígena observou os sapatos do Sr. Won Dong-ung. Então, ele os limpou delicadamente, pois estavam cobertos de poeira devido à confusão que aconteceu ali mais cedo. O Sr. Won Dong-ung, balançou as mãos, como se quisesse afastá-lo.

— Não precisa... é... Sr. alienígena? Por favor, volte para sua nave ou o que quer que seja.

— Ah, por favor, não destrua meu coração.

A fala do alienígena soava tão ridícula quanto uma tradução mal feita de um romance antiquado. No entanto, sua expressão enquanto olhava para os sapatos velhos do Sr. Won Dong-ung, não refletia essa impressão. O homem sentiu o zumbido leve do tradutor nos ouvidos.

Era um peso estranho.

Ele se perguntou como as próprias palavras soariam através do tradutor. Talvez o tom alegre da embaixadora nem fosse verdadeiro. Com o tradutor intermediando, talvez ele nunca soubesse o que realmente estavam tentando dizer. Mas, naquele momento, sentia que sabia exatamente o que o alienígena diante dele queria dizer.

A escova limpou algo escuro e pegajoso. O sapato, amassado na parte de trás e coberto de poeira da loja, começou a parecer cada vez melhor. Não parecia novo, mas sim o tipo de sapato que alguém cuidava com carinho.

Será que eles, que passaram a vida toda apenas indo e vindo, mereciam tal tratamento? O Sr. Won Dong-ung sentiu uma leve culpa.

— Ouvi dizer que sapatos limpos fazem uma pessoa se sentir bem — disse o alienígena, que havia terminado um dos pés.

Ele limpou a escova com um pano e pegou o outro para continuar sua tarefa. Enquanto isso, o Sr. Won Dong-ung olhou para os pés descalços do alienígena e perguntou:

— Err... você, alienígena... ou melhor, senhor cliente, onde estão os seus sapatos? Alguém os roubou?

O extraterrestre, ainda concentrado nos sapatos, respondeu com uma voz monótona:

— Não nos permitem usar sapatos.

— Como assim? Não podem usar sapatos?

O ser vestindo traje esfarrapado apenas mexeu os dedos dos pés, sem dizer nada. O Sr. Won Dong-ung pensou na expressão enigmática da embaixadora. Houve um breve silêncio.

— Eu ouvi o que a pessoa que chegou mais cedo disse. Eu não... não entrei na nave clandestinamente...

— Não, eu não estou dizendo que acredito nisso...

— Juntei dinheiro. Nosso sonho é ir para... se não conseguirmos... não podemos mais ir para... depois de morrer.

— O quê? Espere, o que está acontecendo com esse tradutor?

O alienígena limpou as mãos com o pano que usou para limpar a escova e ajustou o tradutor do homem, que indicava bateria fraca.

— Desculpe... dinheiro... me aquecer. Obrig... amigo.

O cliente recusou firmemente os chinelos que o Sr. Won Dong-ung lhe ofereceu, ajeitou o cachecol surrado e saiu da loja. O fogo da lareira diminuiu e os sons também cessaram, deixando o lugar em silêncio. O Sr. Won Dong-ung tirou os chinelos e pegou os sapatos que o cliente havia limpado. Por hábito, estava prestes a amassá-los para calçá-los quando hesitou e pegou a calçadeira empoeirada que estava embaixo da tábua do piso. Então calçou os sapatos e se aproximou do fogo, ajustando a chama para um nível mais baixo. O vapor que cobria a janela começou a desaparecer e a luz do sol iluminou a loja através do buraco no teto acima do salgueiro.

Assim, o Sr. Won Dong-ung se tornou o proprietário da loja de conveniência do Terminal de Baldeação localizado na 44ª galáxia.

EP 2.

Em todos os lugares afastados e isolados

Foi um dia realmente estressante.

O dente molar esquerdo do Sr. Won Dong-ung, que começou a dar sinal alguns dias atrás, agora doía como se tivesse sido atingido por um martelo. Estava assim desde a madrugada.

Ao acordar de manhã com a bochecha esquerda inchada, sentiu algo caindo sobre sua cabeça à medida em que levantava a lona da loja. Era neve derretida. Não era exatamente neve, nem chuva, mas estava se arrastando pelas aberturas no teto e fazendo a loja ficar toda molhada. Enquanto varria o local, ele viu um gato sob o estrado. Tentando espantar o animal, bateu com a mão na madeira e acabou se espetando com uma farpa. No meio da tarde, sua filha veio buscar a chave do terminal e, durante a conversa, deu vários sermões no pai. Aquilo o fez gritar irritado, resultando em uma dor no pescoço. Enquanto aplicava gelo na região e também na bochecha, ele ainda teve que atender um grande número de clientes. Eles perguntavam, assustados, se o Sr. Won Dong-ung estava com a doença #%-!, algo que seu tradutor não conseguia traduzir, o que sugeria que se tratava de uma doença de outro planeta. Após um longo dia de trabalho e muitos clientes, ele finalmente conseguiu um momento para comer, mas ao dar a primeira garfada no arroz, encontrou uma pedra. E qualquer um que esteja lendo isso provavelmente pode imaginar de que lado ele a mordeu...

Embora não fosse algo que fizesse com frequência, o Sr. Won Dong-ung gritou tão alto que dois clientes correram para fora da loja. E ele decidiu, novamente, fazer algo que não fazia com frequência: fechar a conveniência mais cedo naquele dia. Mas claro, ele não a fechou por completo. Com as luzes diminuídas e a porta fechada, mas com a placa de "Aberto" ainda visível, só os clientes realmente urgentes bateriam à porta. No entanto, ao contrário do movimento agitado de turistas durante o dia, o terminal estava muito mais tranquilo. O Sr. Won Dong-ung pensou que conseguiria tomar dois analgésico e dormir tranquilo naquela noite.

Mas então, ele acordou com o som da porta batendo.

Quando verificou o celular, viu que já passava das duas da manhã. O Sr. Won Dong-ung, que havia adormecido no pequeno quarto anexo à loja, esfregou o rosto e, ainda meio atordoado, levantou-se da cama. Ao puxar o calendário grosso que estava pendurado na parede, descobriu um buraco atrás dele. Era a "câmera de segurança" que instalou – a placa "Ambiente Monitorado" que ele havia colocado na loja indicava justamente isso. Através dela, podia enxergar a entrada da loja.

Ele viu alguém perambulando ali. Era um cliente.

O Sr. Won Dong-ung abriu a porta coberta com pedaços de papel e de panfletos de anúncio e, engatinhando até o balcão conectado ao quarto, acendeu a luz. Ajustou suas roupas e fez um gesto com a mão, indicando para entrar enquanto segurava um bocejo. A porta se abriu com um rangido.

Graças ao analgésico, a dor já não estava mais presente, mas ele ainda estava um pouco atordoado. Enquanto ouvia o som de algo sendo procurado, o Sr. Won Dong-ung colocou o tradutor, ainda com os olhos meio fechados. Ouviu passos e, em seguida, uma sombra apareceu à sua frente.

A primeira coisa que o Sr. Won Dong-ung sentiu foi o cheiro.

Como descrever? Um cheiro picante como pimenta do reino, misturado ao aroma salgado de algo úmido. Ele se esforçou para lembrar de onde conhecia aquele cheiro. Parecia algo que havia sentido há muito tempo. Enquanto tentava lembrar em meio à névoa de suas memórias, uma voz bela, porém um pouco rouca, ressoou.

— Quero um chocolate portátil, por favor.

O Sr. Won Dong-ung levantou a cabeça. Ele viu uma figura envolta em uma roupa preta, parecida com um sobretudo. Os cabelos, com um tom esverdeado, formavam uma curva sobre as bochechas, que brilhavam com uma cor vermelho alaranjada. Seus olhos, um pouco úmidos, se encontraram com os dela.

Talvez fosse pela dor de dente, ou pelo clima, ou pelo velho estrado, ou pela filha que não o compreendia, ou até mesmo pela moagem de arroz feita de forma descuidada... lágrimas começaram a escorrer.

Eram do seu olho esquerdo.

O interior da loja estava cheio de som do Sr. Won Dong-ung fungando. A cliente, que havia lhe oferecido seu lenço, estava sentada em silêncio enquanto o ele tentava, de maneira desajeitada, parar as lágrimas que continuavam a cair.

— Ah, eu não sou assim normalmente… não sei o que está acontecendo comigo.

O lenço que a cliente havia lhe dado ainda exalava o mesmo cheiro que ele tinha sentido antes. Quando secou os olhos com o lenço, as lágrimas finalmente pararam.

— Sua bochecha está bem inchada. Será que você está com #%-!?

— Não, não. Está tudo bem. Aliás, obrigado por me emprestar.

Quando o Sr. Won Dong-ung tentou devolver o lenço, a cliente levantou a mão e o empurrou de volta.

— Pode ficar com ele por enquanto.

Então, ela lentamente desembrulhou o chocolate e colocou uma unidade na boca. Em seguida, pegou mais um e o entregou ao Sr. Won Dong-ung.

— Como poderia comer algo que eu mesmo estou vendendo? Guarde e coma depois.

— Acho melhor o senhor comer um também.

O chocolate era redondo e achatado, semelhante a um comprimido. Seu sabor era extremamente amargo, mas, ao mesmo tempo, surpreendentemente doce. O Sr. Won Dong-ung, chorando intensamente, havia vasculhado a loja por um bom tempo até finalmente encontrá-lo. Era um produto que ninguém jamais tinha procurado. Fazia parte de um dos "itens essenciais" fornecidos pela Companhia de Construção de Trânsito da 38ª galáxia.

Diferente do chocolate comum consumido na Terra, ele vinha embalado em uma cartela semelhante à de comprimidos, com cada unidade individualmente selada para ser retirada uma por uma. O Sr. Won Dong-ung não conseguia ler os caracteres escritos na embalagem, mas usando o tradutor de texto fornecido junto com os itens essenciais da Companhia de Construção da 38ª galáxia, descobriu que estava escrito "chocolate portátil".

— Que gostoso. Normalmente, não gosto de doces.

— Que bom que gostou.

A cliente recebeu de volta o lenço, guardando-o dentro do casaco. Depois de pedir desculpas pelo horário, saiu da loja. Observando-a se afastar, Sr. Won Dong-ung se lembrou de que estava com dor de dentes e foi escová-los.

Na manhã seguinte, depois de ir ao dentista, o Sr. Won Dong-ung virava a placa "Volto Já" quando percebeu o familiar cheiro de cigarro. Era quem ele chamava de "cliente jornalista". Esse extraterrestre, com seu tom exagerado e gestos grandiosos, frequentemente distraía o Sr. Won Dong-ung. Trabalhava como jornalista em um famoso jornal da 38ª galáxia e era um dos passageiros frequentes do terminal.

— Dong-ung, ouvi dizer que a Zzayanchechegue usou este terminal ontem de madrugada, você sabe se ela passou por aqui também?

O Sr. Won Dong-ung afastou a fumaça com a mão enquanto o outro guardava seu cigarro em uma pequena caixa e perguntava.

— Chay… O quê? Aliás, por que um jornalista como você ainda usa um tradutor antiquado? Você sabe o quanto sua fala parece engraçada para mim?

— Não fale assim, Dong-ung. Eu vivo disso. As pessoas hoje em dia adoram um estilo retrô, sabia?

Sem querer prolongar a conversa, o Sr. Won Dong-ung entrou na loja e o cliente jornalista o seguiu.

— Por favor, me diga. A Zzayanchechegue esteve aqui ou não?

— Não sei. Mas alguém passou por aqui de madrugada ontem.

— Passou, sim. Dong-ung, coloque sua mão aqui perto do balcão. E dê um sorriso confiante.

O Sr. Won Dong-ung empurrou a câmera que o jornalista estava tentando apontar em sua direção e respondeu:

— Já falei várias vezes que não quero foto! E quem é essa Zzaya não sei o quê?

— Ela é a atriz mais renomada do Universo inteiro! Não acredito! Eu achava que ela só usava naves particulares e...

Não será possível transcrever tudo o que o cliente jornalista disse, então, para resumir, a atriz famosa chamada Zzayanchechegue foi quem passou por ali na madrugada. Ela era uma estrela da 38ª galáxia, que há mais de quinze anos ocupava o papel principal em produções dirigidas por grandes mestres do teatro especializados em tragédias como *Hurtsu Ugu* e *Jeto Rege Ehin* – pelo menos, foi isso que o tradutor disse. Esta atriz tinha a habilidade de fazer todos chorarem com sua atuação e todas as suas aparições tinham total restrição de fotos, vídeos e reportagens. O cliente era fã dela desde a infância e ainda tinha um retrato pintado à mão da atriz em sua mesa de trabalho.

— Então, o que ela comprou?

— Hum? Chocolate.

— Chocolate? Não, minha Zzaya não come essas coisas. Ela é uma fada amargurada que só bebe uísque e café expresso...

O Sr. Won Dong-ung achou que alguém que só bebia uísque e expresso não poderia ser chamado de "fada", mas achou que era apenas mais uma confusão do tradutor e decidiu ignorar. Então, ele pegou o chocolate que ainda restava e que havia sido vendido à atriz Zzayanchechegue no dia anterior.

— Isso aqui é realmente gostoso. Pelo visto, até a maior atriz sente falta de um doce de vez em quando.

— Isso... é o chocolate portátil, não é? — o tom de voz do cliente jornalista estava um pouco estranho.

— Eu estava curioso desde ontem. Por que chocolate "portátil"?

— Espere aí... A Zzayanchechegue comprou isso? De madrugada?

O Sr. Won Dong-ung, cansado de responder, apenas assentiu e a expressão do cliente jornalista endureceu.

Ele saiu da loja em silêncio. O Sr. Won Dong-ung sentiu um incômodo e, sem perceber, pegou o chocolate portátil e rasgou a embalagem. Depois de colocar uma unidade na boca, uma sensação aconchegante de felicidade tomou conta dele. Então, uma coisa passou pela sua cabeça: *Ah, o dentista tinha dito para não comer doces por um tempo.*

— Dong-ung, se fosse você, escolheria o trabalho ou o amor?

Mais uma vez, às duas da manhã, o som implacável do telefone despertou o Sr. Won Dong-ung. A primeira frase que ele ouviu do outro lado da linha foi do cliente jornalista.

— Trabalhooo? Amooooooor?

— Não grite! Estou usando o comunicador intergaláctico do escritório escondido. Ah, Dong-ung, você comeu mais do chocolate portátil? Quantos comeu? Pare de comer isso. E você não disse que estava tomando remédio? Se continuar assim, vai acabar se dando mal.

— Você me liga de madrugada e começa a falar essas bobagens... já não basta a dor de dente que está me matando, agora vem com essa história de chocolate?

O Sr. Won Dong-ung estava de mau humor. Depois de comer um chocolate, o efeito da anestesia que recebeu no dentista começou a passar, e ele ficou o dia inteiro sem conseguir comer nada, sofrendo até finalmente dormir.

— Eu estava quase dormindo! E você me liga para falar esse tipo de coisa?

— Desculpe, eu me esqueci do fuso horário, aqui já é manhã. Mas é que isso é um assunto muito importante para mim... Em troca, vou te dar uma informação sobre os planos de desenvolvimento de um asteroide que comentei da última vez.

— O que é?

O Sr. Won Dong-ung se sentou na cama, começou a procurar pela embalagem de remédios na mesa de cabeceira e tomou um analgésico.

— Primeiro, responda à minha pergunta. Se tivesse que escolher entre trabalho e amor, o que escolheria?

— Você está brincando comigo? Já parou para pensar onde passo vinte e quatro horas do meu dia?

— Não existe apenas um tipo de amor, não acha? É por causa da Zzayanchechegue. E não estou brincando, pare de comer chocolate portátil.

De acordo com o cliente jornalista, o chocolate portátil que Zzayanchechegue comprou naquela madrugada era um tipo de medicamento para as pessoas de um pequeno planeta na periferia da 38ª galáxia. E o jornalista parecia estar duvidando de que a atriz Zzayanchechegue poderia ser de lá.

— Mas e se ela for de um planeta pequeno? Ouvi dizer que há muitos planetas habitados naquela galáxia.

— É aí que está o problema... O tal "planeta"... agora eu entendo por que ela se tornou uma atriz especializada em tragédias com tanta rapidez.

O planeta era conhecido como NGC-3344 entre os terráqueos, e era tão pequeno que todos os seus habitantes se conheciam. De acordo com o jornalista, seus habitantes produziam uma substância lacrimogênea chamada propanotial-S-óxido, que causava lacrimejamento nas pessoas ao redor. Esses habitantes viviam imersos na tristeza e sempre carregavam chocolate com eles, oferecendo-o às pessoas que faziam chorar. O doce tinha a função de aliviar a tristeza e melhorar o humor. Porém, eram acompanhados de efeitos colaterais como a diminuição da eficácia de outros medicamentos. Também havia rumores de que continha substâncias semelhantes a drogas, razão pela qual seu uso contínuo era desaconselhado. *Essa substância me lembra cebola, pensou o Sr. Won Dong-ung.*

— Por isso, as pessoas daquele planeta preferem não sair de lá. Mas parece que Zzayanchechegue tinha outros sonhos.

O jornalista disse que não sabia exatamente o que havia levado Zzayanchechegue a deixar seu planeta e seguir o caminho de atriz, mas o Sr. Won Dong-ung podia imaginar. Ele também viveu preso a um só lugar, preso à sua loja, e por isso entendia. Ontem seria igual a hoje e daqui a dez anos seria igual ao que foi dez anos atrás. Ele sentia alívio ao pensar nisso, mas também se sentia sufocado. Às vezes, queria ficar para sempre e, em outras, partir sem olhar para trás. No fim das contas, ele se prendeu à loja com a vaga promessa de que, se conseguisse um bom investimento, partiria. Imaginava a jornada difícil de Zzayanchechegue, que havia deixado seu planeta. A jornada de uma pessoa que fazia os outros chorarem apenas pela sua existência, mas que sonhava em ser uma atriz que os fizesse chorar de felicidade e amor.

O Sr. Won Dong-ung estava pensativo, mas o cliente jornalista estava apenas obcecado com a situação de Zzayanchechegue. Ele não sabia se deveria tornar pública essa grande revelação ou se deveria proteger o segredo de seu ídolo e amor eterno, Zzayanchechegue. Ele parecia incapaz de tomar uma decisão.

— É a maior decisão da vida. Que doloroso.

— Mas o que a moça fez de errado? Ela só usou seu talento para se tornar atriz.

— Não é tão simples assim. Aquele planeta... se descobrirem que ela é de lá, vai causar um alvoroço e tanto.

— Então, é só não contar.

— Mas e o meu prêmio de jornalismo? Essa é a primeira vez que encontro um furo tão grande.

— Então revele. Ela que é uma idiota. Se queria esconder, deveria ter feito melhor.

— Mas já pensou no quanto ela vai sofrer? Ela deve ter passado a vida inteira se importando com os outros...

— Então, não conte.

O Sr. Won Dong-ung pressionou as têmporas, tentando aliviar a dor. De fato, não se dava muito bem com analgésicos. Ele se lembrou do lenço que a cliente lhe deu. O cheiro ainda estava nítido em sua mente, e ele achava que poderia sentir o perfume se inalasse profundamente. Era um cheiro que, ao contrário dos medicamentos, não o fazia esquecer da dor, só ajudava a suportá-la.

Mas o lenço não estava mais com ele, então teve que suportar a dor de dente sozinho. Ele só queria esquecer tudo e descansar.

— Eu não sei. Faça o que quiser.

— Ah, você é frio.

— O que está dizendo? Eu sou assim mesmo.

— Não existe esse tipo de coisa! Não somos amigos?

— Amigos? Que nada.

— Não me trate com tanta frieza assim. Amigo! Por favor, me ajude a tomar a maior decisão da minha vida, amigo! Meu coração está prestes a se rasgar.

— Que tipo de amigo liga para o outro às duas da manhã? — resmungou o Sr. Won Dong-ung.

Ele estava angustiado e ainda sentia a dor na parte interna da bochecha. Com certeza, não conseguiria dormir essa noite. Enquanto ouvia as queixas intermináveis com a voz mecânica do tradutor, o Sr. Won Dong-ung fechou os olhos.

A conveniência, de acordo com a descrição do Sr. Won Dong-ung, tinha um teto desnecessariamente alto. Aproximadamente quarenta anos atrás, sua mãe comprou a loja de uma pessoa conhecida. Havia boatos de que antes de ser reformada para se tornar uma loja, a construção havia sido usada como depósito de arroz de uma família rica da vizinhança. Isso parecia fazer sentido, devido as grandes vigas elevadas para permitir a ventilação, além dos grãos de arroz que ainda apareciam quando ele varria o canto da loja.

Com o passar das décadas, a conveniência foi gradualmente sendo preenchida com mercadorias que ocupavam o grande espaço vazio. A desordem era evidente: armários que não tinham padrão algum, vindos de vários lugares, estavam empilhados até o teto, e cada um deles estava completamente cheio de coisas. Não se sabia quem tinha colocado o que, como e quando, mas até entre o telhado e as vigas havia mercadorias. Embora o espaço relativamente pequeno da loja fosse uma desvantagem, o fato de poder empilhar muitos itens na parte superior era um ponto positivo. Porém, para o dono da loja, gerenciar o estoque não era nada fácil.

Por esse motivo, logo pela manhã, o Sr. Won Dong-ung, com os olhos vermelhos de cansaço, estava com uma longa vara na mão à procura de algo. A ponta tinha um gancho que ele mesmo havia pregado, permitindo que retirasse os itens das prateleiras sem precisar subir e descer uma escada constantemente. Ele balançava a vara de um lado para o outro, revirando locais onde acreditava ter guardado os documentos da 38ª galáxia.

Era por causa do conselho do cliente jornalista. De acordo com ele, os itens essenciais eram produtos que certas pessoas precisavam e que, se não fossem adquiridos a tempo, poderiam causar danos a elas. Assim, como a loja do Sr. Won Dong-ung era um local público visitado por várias espécies, era recomendado que ele mantivesse esses itens disponíveis. Seriam, no caso da Terra, produtos como medicamentos de emergência ou absorventes menstruais.

Enquanto escutava o jornalista, o Sr. Won Dong-ung se lembrou do funcionário cansado da Companhia de Construção. Ele havia visitado a conveniência na primeira noite de funcionamento e entregado os itens essenciais, pedindo que o que estivesse na lista nunca faltasse. Embora, em teoria, ele não tivesse a obrigação de manter esses itens disponíveis, o Sr. Won Dong-ung decidiu revisar a lista. Afinal, o jornalista também insistiu em "deixar preparado para a Zzaya, caso ela volte algum dia".

O problema era que, embora soubesse que recebeu os documentos sobre os itens, não conseguia se lembrar onde os havia colocado. Finalmente, conseguiu encontrar o livreto no alto da viga.

— Por que está em um lugar difícil de alcançar? — exclamou irritado, mesmo sendo o responsável por tê-lo colocado ali. Apesar disso, não conseguia encontrar o documento que explicava como fazer os pedidos.

Sem achar o manual, decidiu verificar o que estava faltando. O item que Zzayanchechegue havia comprado, o chocolate portátil, tinha acabado, pois o Sr. Won Dong-ung havia comido o último. Além disso, parecia que o saco com pó branco, traduzido como "cloreto de cálcio", e alguns outros tipos de medicamentos impossíveis de traduzir também estavam em falta. Na verdade, era impossível localizar qualquer coisa dentro da conveniência, pois tudo estava muito bagunçado. Enquanto contava mais uma vez a quantidade de "respiradores de emergência", que nem sabia como usar, o Sr. Won Dong-ung pensava consigo mesmo que, algum dia, teria que fazer uma grande limpeza na loja.

Como não havia muitos clientes no momento, ele colocou a placa de "Volto Já" na porta da loja e saiu. Pretendia ir até o guichê, onde esperava encontrar o único funcionário da Companhia de Construção da 38ª galáxia para tirar as dúvidas. Embora fosse frequentemente de um lado a outro para ir ao hospital ou à feira, nunca havia dado uma volta pelo interior do terminal. O Sr. Won Dong-ung olhou desconfortavelmente para as paredes tortuosas. Eram feitas de tijolos baratos produzidos na Terra, misturados com materiais vegetais que, certamente, vinham da 38ª galáxia. A aparência das raízes de árvores entre eles, dava à construção uma sensação sombria e abandonada, o que o incomodava. Ele podia perceber claramente a intenção da Companhia de Construção de economizar cada centavo, o que lhe parecia uma atitude mesquinha. *Esses avarentos economizando até na construção... por isso também não quiseram dar uma indenização digna para a minha conveniência.*

O guichê ficava no canto oposto ao da loja. O Sr. Won Dong-ung caminhou por um corredor largo. De vez em quando, sentia os olhares de alguns passageiros da 38ª galáxia, o que o fazia apertar ainda mais o chapéu. Embora estivesse preocupado com sua aparência diferente da deles, notou como os "alienígenas" eram semelhantes aos terráqueos. A cor da pele e do cabelo podia ser um pouco diferente, mas a maioria dos passageiros tinha uma aparência quase idêntica à dos humanos, o que ele achava fascinante.

O Sr. Won Dong-ung desviou o olhar e focou no chão enquanto caminhava.

O guichê estava cheio. As pessoas se aglomeravam perto do balcão, gritando algo que ele não conseguia entender. Assim que colocou o tradutor no ouvido, as vozes começaram a soar em coreano. A razão pela qual as pessoas estavam se aglomerando no guichê não era apenas o movimento comum do terminal. A verdadeira causa parecia estar na expressão indiferente do funcionário do balcão, visível por trás das cabeças das pessoas na fila.

— Ah! A nave vai partir em dois minutos e vinte e quatro segundos! Por favor, se apresse! Por favor!

— Já estou esperando há trinta e cinco minutos e doze segundos! Até quando tenho que esperar?

— Por que a transação via telecomunicação não está funcionando?

Enquanto a maioria dos passageiros esperava impacientemente, o funcionário os atendia com lentidão:

— Sim, sim. Não há sinal disponível neste local. A transação por telecomunicação é inviável.

— Ahhh! A minha nave partiu!

— A próxima chegará em duas horas e sete minutos.

— Vou registrar uma queixa!

— Certo. Próximo... Na verdade, chegou o horário do meu almoço. Retorne em uma hora e doze minutos.

Deixando os passageiros desesperados para trás, o funcionário pegou seu casaco e se levantou.

O Sr. Won Dong-ung observava a situação hesitante, com as mãos no chapéu. Felizmente, os passageiros dispersaram, e ele conseguiu parar o funcionário antes que ele saísse do guichê:

— Ei, jovem! Espere um pouco!

— Neste momento, não é possível adquirir as passagens.

— Não é sobre as passagens, eu sou o dono da conveniência ali!

O funcionário se virou, semicerrou os olhos para o Sr. Won Dong-ung e então começou a andar novamente.

— Caso for algo urgente, me acompanhe e fale enquanto andamos. Tenho uma hora e doze minutos para almoçar. Quer dizer, agora tenho apenas uma hora e seis minutos.

— Com esse tempo, eu conseguiria comer até três refeições...

O Sr. Won Dong-ung seguiu o funcionário e começou a explicar a situação. Ele mencionou que estava faltando alguns itens essenciais, não conseguia encontrar o manual de pedidos que havia recebido e, além disso, não conseguia entender onde estavam os funcionários permanentes daquele terminal maldito. Ele teve que falar tudo isso enquanto seguia os passos apressados do funcionário, o que o deixou quase sem fôlego.

— Não há funcionários permanentes, pois este é um terminal temporário... ah, não deveria ter mencionado isso. De qualquer forma, por enquanto, além de alguns maquinistas ou mecânicos que aparecem esporadicamente nas plataformas, sou o único presente. Hum... tem um lugar responsável pelo fornecimento dos itens essenciais em cada terminal...

— Então me ajude! Aonde você está indo agora?

— Estou indo almoçar. Se desejar, pode me acompanhar. Posso levá-lo até o fornecedor responsável.

Chegaram à porta de entrada da plataforma e o funcionário segurou a maçaneta. Quando a porta simples de metal se abriu, uma luz intensa iluminou tudo. Antes que o Sr. Won Dong-ung pudesse reagir, o funcionário o empurrou para dentro. À sua frente, uma plataforma se revelou.

— O que é isso? Uma selva?

— *Seuva*? O que seria isso? O tradutor não está operando corretamente.

O funcionário deu alguns tapinhas no tradutor.

A plataforma, cheia de passageiros da 38ª galáxia, estava coberta por árvores. Pareciam ser da mesma espécie das raízes que ele havia visto na parede do terminal, misturadas com tijolos vermelhos. No entanto, as árvores ali deixavam à mostra apenas as folhas e os galhos, que se entrelaçavam e sustentavam a estrutura e se espalhava radialmente.

Observando os brotos verdes brilhando de um jeito diferente dos da Terra, o Sr. Won Dong-ung comentou:

— O que eu quero dizer é... por que tem uma floresta primitiva na plataforma?

— Ah, o senhor quis dizer que aqui se assemelha a uma floresta? Muito bem, não pare agora, continue andando. O tempo está escasso e ainda preciso fazer a refeição.

O jeito de falar dele está me incomodando.

O funcionário puxou o Sr. Won Dong-ung para perto, passou um disco que parecia um documento de identidade no leitor da catraca e entrou na pequena nave espacial localizada mais à esquerda. O Sr. Won Dong-ung, que só tinha saído da loja para conversar durante alguns minutos, acabou se vendo na situação de ter que deixar a Terra. Ele olhou ao redor com inquietação. Apesar de imaginar que a nave teria um interior coberto de árvores e vegetações como a plataforma de embarque, se surpreendeu ao ver que era uma verdadeira "nave espacial", feita de metais.

— Por que aqui está tudo normal?

— Porque, evidentemente, não há qualquer necessidade de fornecer os materiais da nave até este ponto.

O funcionário parecia mais tranquilo depois de embarcar a tempo. Ainda com seu jeito estranho de falar, começou a explicar com paciência que o transporte de mercadorias entre as galáxias era muito caro. Ele comparou com o envio de materiais de construção para um prédio na Terra via transporte aéreo. Assim, a maioria dos materiais era obtida no local e, onde não era possível, transportavam e plantavam as sementes de árvores específicas.

— Como você pode observar pelas folhas, trata-se de plantas geneticamente modificadas, de modo que não produzem sementes. Não há risco de desequilíbrio ecológico.

— Ah, isso não importa. Aonde exatamente estamos indo agora? Eu vou conseguir voltar depois, certo?

— Estamos indo ao fornecedor responsável. Podemos retornar juntos após o meu almoço.

— Eu realmente preciso ir? Não seria mais fácil você fazer o pedido para mim?

— …

— Você só está com preguiça, não é?

De repente, o funcionário ficou sem palavras, olhando atentamente para a parede vazia. A nave deu uma leve sacudida, emitindo um som estranho como se pedaços do tempo e espaço estivessem girando. Após o som, a nave tremeu mais uma vez.

Haviam chegado à 38ª galáxia.

Se o Sr. Won Dong-ung tivesse vindo como turista, ele teria explorado as curiosidades ecológicas e culturais daquela galáxia com os leitores deste livro. No entanto, como veio de maneira inesperada apenas para fazer um pedido, não tinha esse privilégio.

— Como é possível trazer pessoas de outras galáxias assim?

— Era uma questão urgente, mas o responsável não estava presente. O que posso fazer?

Logo ao sair da nave, uma pessoa vestindo uniforme cinza correu até eles e gritou, iniciando uma discussão acalorada:

— Você está aproveitando a fiscalização frouxa dos passageiros da nave de funcionários para fazer isso, não é? É praticamente imigração ilegal!

— Imigração ilegal coisa alguma! Apenas forneça o crachá de visitante. Basta usá-lo e permanecer no terminal. Eu levarei este senhor de volta posteriormente.

O Sr. Won Dong-ung estava de pé, desconfortável ao lado deles. O clima de não ser bem-vindo era familiar para ele, mas, ao mesmo tempo, algo que não experimentava há muito tempo. Com uma expressão sem jeito, olhou ao redor.

O terminal da 38ª galáxia era um lugar luxuoso, decorado com paredes gigantes feitas de um metal de cor única, semelhante a óleo em uma poça de chuva, um teto de cristal brilhando com luzes intensas e flores com folhas azul-esverdeadas exalando um aroma penetrante. Ele xingou por dentro pelo fato de os habitantes desta galáxia economizarem na hora do pagamento da sua indenização, mas decoraram o próprio terminal de maneira exuberante.

O funcionário do guichê, depois de empurrar o Sr. Won Dong-ung para o funcionário de uniforme cinza, foi embora para o restaurante. O extraterrestre continuou a suspirar enquanto colocava o crachá de visitante no dono da loja e lhe entregava um respirador de emergência que viu na lista de itens essenciais. Em seguida, o conduziu até o fornecedor que estava em um canto do terminal.

O local era como uma biblioteca amontoada em um pequeno quarto, por assim dizer. Havia muitos discos que se assemelhavam a livros, todos enchendo o espaço do escritório. Dentro dele, um funcionário de camisa rígida, com o semblante um pouco cansado, estava olhando atentamente para os discos na mesa. Ele pegou um dos discos e o colocou em uma máquina redonda, pressionando um botão. Em seguida, o disco começou a girar, lembrando um vinil da Terra.

Won Dong-ung ficou ali, desconfortável, sem saber o que fazer. Apesar de ter invadido o escritório sem aviso, o funcionário parecia nem notar sua presença e olhava atentamente para as letras que apareciam na máquina. Quando deu uma leve tossida, o funcionário finalmente levantou a cabeça.

— Eu... ah... sou da Terra, e disseram que posso fazer o pedido de mercadorias aqui.

O Sr. Won Dong-ung então entregou o cartão de visita da loja de conveniência que trouxe. O funcionário parecia não ter interesse algum no cartão, então colocou-o sobre a mesa. Pegou o tradutor e começou a olhar para ele de maneira curiosa.

— Que formato estranho. De onde o senhor veio mesmo?

— Ah, da quatro... Via Láctea? Quarenta e quatro? Como era mesmo? O lugar onde abriram o novo terminal de baldeação.

O funcionário olhou para o Sr. Won Dong-ung de cima a baixo, se recostando na cadeira.

— Ah, você é um alienígena da 44ª galáxia, é?

— O quê? Alienígena? Você está me chamando de alienígena agora?

— Você disse que vem da 44ª galáxia, então é um alienígena.

— Bem, isso é verdade, mas...

O Sr. Won Dong-ung se lembrou de como, no primeiro dia de funcionamento, chamava todos os clientes de alienígenas sem hesitar. Com o tempo e ao se acostumar a atendê-los, foi trocando o termo "alienígena" por palavras como "clientes" ou "pessoas". Os clientes o chamavam de "tio", "moço" ou até mesmo "amigo", então ele começou a sentir vergonha de chamá-los de alienígenas. Além disso, já havia sido alertado várias vezes de que o termo poderia ser pejorativo.

Involuntariamente, o Sr. Won Dong-ung empurrou os cabelos para dentro do chapéu e entregou a lista de pedidos ao funcionário. O outro, no entanto, não a pegou, apenas disse:

— Deixe na mesa.

— Você não pode verificar agora? Eu fiz uma longa viagem só para...

— Falei para você deixar aí.

O Sr. Won Dong-ung colocou a folha de pedidos no canto da mesa. O funcionário borrifou algo parecido com um spray sobre ela, e, cuidadosamente, pegou a folha com uma pinça.

— Você não se importa com isso, não é? Afinal, você é um alienígena, então pode ter germes desconhecidos.

— Sim, sim... se puder verificar logo, por favor — o Sr. Won Dong-ung respondeu de forma ríspida.

— Hmm, o cloreto de cálcio acabou, o medicamento #%-! também. O flash drive ainda temos... — murmurou o funcionário enquanto olhava para a lista. Não dava para saber se ele estava falando para si mesmo ou com o Sr. Won Dong-ung.

De repente, ele tocou uma parte da lista e começou a rir de forma debochada.

— Chocolate portátil?

— É.

— Quer dizer então que alguém comprou o chocolate portátil?

— Alguém veio e comprou tudo na madrugada de anteontem. Se já viu tudo, trate de resolver isso logo.

— Espere um pouco. Esse chocolate está com muita demanda ultimamente. Os alienígenas desse planeta não costumam sair muito. Estranho, não é? Muito estranho…

— Não achei nada estranho.

— Você disse que alguém comprou na madrugada de anteontem, certo? De qual planeta marginalizado será que ousaram sair dessa vez?

— Ah, não sei. Apenas resolva logo o meu problema! Preciso voltar com o menino do guichê!

Quando o Sr. Won Dong-ung gritou, o funcionário tirou o sorriso do rosto e olhou para ele com um olhar de desprezo.

— Falar assim com alguém que acabou de conhecer… é por isso que digo que os dos planetas marginalizados, ou melhor, os alienígenas, não têm salvação.

— O quê? Logo você, que estava falando de forma tão rude comigo agora a pouco, está reclamando?

Quando o Sr. Won Dong-ung deu um passo à frente indignado, a porta do escritório se abriu abruptamente.

— Encontrei o senhor! Já está na hora de retornar. Conseguiu resolver tudo? — o funcionário do guichê apressou o Sr. Won Dong-ung.

— Ainda não consegui fazer o pedido!

— Como ainda não?

O funcionário do guichê foi até a mesa do fornecedor e verificou os documentos.

— Estão faltando este, este e este. Senhor responsável, por favor, envie esses itens para a 44ª galáxia. O endereço está aqui. O pagamento pode ser registrado em nome da Companhia de Construção de Trânsito. Senhor da loja de conveniência, quando a Companhia realizar a conversão do seu lucro, também será processado o pagamento dos itens essenciais. Muito obrigado!

— Quando é seu trabalho, você é lentíssimo... Não sabia que era capaz de resolver as coisas tão rápido assim — o Sr. Won Dong-ung disse, surpreso com a rapidez do funcionário do guichê.

— Meu salário permanece o mesmo, independentemente de vender as passagens de forma rápida ou lenta, mas se eu não chegar a tempo, haverá um desconto.

O funcionário do guichê se apressou em dizer enquanto puxava Won Dong-ung para fora.

Através da porta que se fechava, o fornecedor olhava fixamente o papel com a lista que o homem havia dado.

O Sr. Won Dong-ung, que estava dormindo na parte de trás da loja, abriu os olhos repentinamente. Eram duas e meia da manhã. *Estranho, tenho acordado nesse horário todos os dias ultimamente,* pensou enquanto tirava a venda dos olhos. Alguém estava batendo forte na porta. Ele nem precisaria verificar a câmera de segurança: era um cliente.

Relutante em abrir em decorrência do barulho, ele foi até a porta. Olhou pela pequena abertura na parede. O retrovisor de carro velho, que ele chamava de "segunda câmera de segurança", refletia a entrada da loja. Reconheceu a figura familiar: cabelo verde que brilhava sob a luz, pele alaranjada contrastando com roupas pretas e olhos lacrimejantes.

A pessoa que estava batendo na porta era Zzayanchechegue.

Assim que ele abriu, Zzayanchechegue se aproximou e, com uma voz baixa, disse:

— É você, não é?

— O que você quer dizer?

Ainda sonolento, o Sr. Won Dong-ung colocou o tradutor eletrônico e respondeu com o nariz entupido, já começando a chorar. Ele estava exausto. Havia passado o dia todo organizando a loja após receber os itens essenciais enviados por aquele funcionário irritante do fornecedor. O funcionário do guichê veio trazê-los reclamando. Depois de um dia inteiro lidando com dores de dente e o jornalista tagarela.

Hoje, ele estava tão determinado a dormir que até colocou à venda que não costumava usar. No entanto, mais uma vez, seu descanso não durou até o amanhecer. Agora, Zzayanchechegue estava ali, furiosa.

Ela disse com raiva:

— Ah, como pode ser um ser humano tão descarado?

— Do que você está falando?

— Você achou que eu cairia nessa ameaça? Está mexendo com a pessoa errada!

— Ameaça? Que ameaça?

— Você acha que foi o único que tentou me manipular com minhas fraquezas? Sabe o que aconteceu com as pessoas que tentaram fazer isso?

Zzayanchechegue olhou furiosa para o Sr. Won Dong-ung. Enquanto esfregava o nariz e enxugava as lágrimas com as mangas, ele falou lentamente:

— Ah, talvez você esteja falando sobre aquela história de ter nascido em um tal planeta. Como se chamava mesmo? Cebola?

Mal terminou de falar, e Zzayanchechegue desferiu um soco nele com força. Então, o Sr. Won Dong-ung desmaiou.

Às 3 da manhã, Zzayanchechegue e Sr. Won Dong-ung estavam sentados juntos no estrado da frente da loja, esperando o cliente jornalista. Depois que o dono da loja acordou, Zzayanchechegue revelou que estava sendo ameaçada há meses por alguém que queria expor sua origem. O suspeito mais provável, para o Sr. Won Dong-ung, era o cliente jornalista, então ele pegou o telefone de Zzayanchechegue emprestado para chamá-lo até lá.

Mexendo nos bolsos do casaco, Zzayanchechegue olhou para o Sr. Won Dong-ung cabisbaixo. O homem, que estava esfregando os olhos inchados e cheios de lágrimas com um ovo defumado, viu um chocolate em formato de pílula aparecer na sua frente. Ele balançou as mãos.

— Ah, não precisa.

— Desculpe, eu acabei te batendo sem nem entender a situação. Eu agi de forma impulsiva, apesar de escutar muitas vezes que preciso controlar o meu temperamento.

— Já disse que não precisa se desculpar. E nem me dar o chocolate. Ouvi dizer que faz mal em excesso.

— Nessa quantidade, não. Se comer um agora, vai ajudar com as lágrimas e a dor…

— Estou com dor nos dentes também.

Zzayanchechegue devolveu o chocolate à embalagem com cuidado e, após um momento de reflexão, entregou um lenço ao Sr. Won Dong-ung. Ele aceitou e ao encostá-lo no olho, que certamente ficaria roxo no dia seguinte, sentiu a dor diminuir um pouco. Ele inspirou o aroma sutil que emanava do tecido.

— Esse lenço tem um cheiro bom.

Zzayanchechegue olhou para ele em silêncio. O Sr. Won Dong-ung balançou o tecido.

— Hmm… pode parecer uma conversa fiada, mas esse cheiro me é familiar. Me dá até saudades de algo.

Zzayanchechegue sorriu de leve.

— Parece que o senhor também já foi consolado por alguém.

O cheiro do lenço, segundo a atriz, vinha de um perfume feito especialmente para ela. Era o mesmo perfume que, um dia, a ajudou a sair do "Planeta Cebola" – era o apelido que o Sr. Won Dong-ung havia dado em segredo – conhecido por deixar todos ao seu redor tristes e infelizes.

Ela sonhava em deixar seu planeta e há muito tempo se encontrou com um perfumista que visitou o local a trabalho e ganhou o perfume. Ao ouvir que a composição corporal dos habitantes do Planeta Cebola era de uma substância lacrimogênea chamada propanotial-S-óxido, o perfumista disse que talvez pudesse ajudá-la a resolver o problema.

— Dizem que a substância que causa as lágrimas é hidrossolúvel. A partir disso, ele começou a desenvolver um perfume para reduzi-las. No fim, conseguiu e o enviou para mim.

Zzayanchechegue olhou para as lágrimas do Sr. Won Dong-ung e disse:

— Você sabia que existem diferentes tipos de lágrimas? A composição química delas muda dependendo se são derramadas por emoção ou não. A base do perfume foi feita analisando aquelas de quem consola alguém que está chorando.

O Sr. Won Dong-ung não respondeu e começou a secá-las com o lenço. Ele também já teve momentos como aquele. Alguém já esteve ao seu lado em silêncio enquanto ele chorava. À medida em que sentia o cheiro fraco que ainda restava no lenço, teve novamente vontade de chorar, apesar de já estar fazendo isso.

— Esse lenço é o último que eu tenho. Não consegui mais entrar em contato com o perfumista que me enviava regularmente. Conforme o cheiro começou a desaparecer, as pessoas ao meu redor começaram a chorar novamente. Foi quando comecei a comprar chocolates portáteis nas lojas localizadas em terminais mais afastados. E foi então que as cartas de ameaça começaram a chegar.

Zzayanchechegue olhou a loja por cima do ombro do Sr. Won Dong-ung.

— Será que descobriram mesmo? Eu vim até aqui justamente por estar bem distante da 38ª galáxia. Não esperava que fosse ser tão fácil ser descoberta…

Ela suspirou e os dois ficaram em silêncio por um tempo. O Sr. Won Dong-ung levantou a cabeça e olhou para o salgueiro plantado ao lado da conveniência. Era uma árvore que ele havia conseguido preservar quando o terminal foi construído ao redor da loja. A luz da lua, que entrava por um buraco no teto, tingia os galhos com um tom prateado levemente azulado.

De repente, ouviram o som apressado de passos vindo do corredor do terminal. O cliente jornalista havia chegado.

Apesar de ter sido chamado repentinamente, o cliente jornalista estava vestido de forma impecável, como se tivesse acabado de sair de uma cerimônia de premiação. Na verdade, parecia que ele mal conseguia respirar. Seus olhos estavam marejados e fixos em Zzayanchechegue. As mãos tremiam de leve. Até a atriz, que se preparava para ficar brava com ele, hesitou ao ver a cena. Ainda com um olho inchado, o Sr. Won Dong-ung observava atentamente o punho cerrado de Zzayanchechegue.

O cliente jornalista parecia querer dizer algo, mas não conseguia. Em silêncio, estendeu um buquê de flores em suaves tons de azul. Após um momento de silêncio desconfortável, Zzayanchechegue empurrou as flores e, com uma voz sombria, disse:

— Isso não vai funcionar. Na verdade, só vai piorar as coisas.

— Hã... o quê? — Limpando as lágrimas que começavam a cair, o jornalista perguntou com a voz trêmula.

Zzayanchechegue franziu a testa e mordeu os lábios. Nesse momento, o Sr. Won Dong-ung fungou. Só então o cliente jornalista o viu e se assustou com a expressão de desprezo em seu rosto. O cliente perguntou:

— Por que você está me olhando como se eu fosse um jornalista imundo?

O Sr. Won Dong-ung estreitou os olhos para o cliente jornalista.

— Eu não imaginei que você fosse assim... confesso que estou um pouco decepcionado.

— O quê? O que foi que aconteceu?

— Você poderia ter publicado a notícia, como queria. Mas enviar uma carta de ameaça?

— Do que você está falando?

Prestes a avançar em direção ao cliente jornalista com o punho cerrado, Zzayanchechegue parou. A expressão dele, assim como a do Sr. Won Dong-ung naquele momento, parecia confusa. Respirando fundo, ela perguntou novamente:

— Não foi você quem enviou as cartas de ameaça? Sério mesmo?

O cliente jornalista arregalou os olhos e balançou a cabeça com uma expressão de injustiçado. Ele o fez com tanta intensidade que as lágrimas que estavam caindo se espalharam por toda parte. O Sr. Won Dong-ung sacudiu as lágrimas que caíram em suas roupas e disse:

— Ei, diga alguma coisa. Você foi o único para quem contei que vendi esses chocolates portáteis. E descobriu a origem dessa pessoa. Depois disso, ela recebeu várias cartas anônimas com ameaças falando que sabiam que ela comprou os chocolates aqui e que sabiam de onde ela era... então, naturalmente, o culpado seria vo...

— Não, não sou eu! Srta. Zzaya, eu jamais faria isso. — O cliente jornalista balançou as mãos e respondeu com voz trêmula. A cada movimento, as flores azuis que segurava também balançavam sem vida, assim como sua expressão.

Os olhos do Sr. Won Dong-ung e de Zzayanchechegue se encontraram no vazio.

— Então quem foi? — perguntou o Sr. Won Dong-ung.

O homem estava pagando o preço por não confiar em seu cliente.

Depois que Zzayanchechegue foi embora sem obter nenhuma informação, o jornalista, sem ter como voltar para seu planeta, uma vez que a última nave já havia partido, se acomodou no quarto nos fundos da loja e dormiu lá. Na manhã seguinte, não parou de falar. Como o Sr. Won Dong-ung foi quem o chamou, a única coisa que podia fazer era suportar a conversa interminável. O cliente jornalista falava incessantemente sobre como ficou nervoso ao receber a notícia de que Zzaya estava lá, sobre como guardaria seu autógrafo para sempre e sobre como capturaria o verdadeiro criminoso. Sua boca não parava de se mexer. Felizmente, ele não guardava rancor por ter sido acusado erroneamente.

— Ahhh, diante da atriz nem conseguiu dizer nada, e agora que ela foi embora, não para de falar!

— E se eu disser algo que a desagrade?

— E falar para mim pode?

— Somos companheiros, não somos?

— Maldito "companheiros"!

Ele falou de forma rude e entregou um copo de *shake* de cereais ao jornalista.

— Que delícia! Você vende isso?

— É só uma refeição rápida que faço para mim às vezes. Costumo tomar quando a loja fica cheia e não tenho tempo para comer. A propósito, você não vai trabalhar? Vai ficar por aqui?

— Sim, tirei uma folga depois de muito tempo, porque estava preocupado com a minha Zzaya. Mas acabei sem saber o que fazer, então passei o tempo limpando a casa. Graças a isso, consegui encontrar Zzaya pessoalmente. Chamamos isso de "fãbem". Esta expressão significa "fã que se deu bem". Vamos, repita comigo, "fãbem"!

— Não quero! Soa muito estranho pelo tradutor.

O cliente jornalista até retirou o tradutor eletrônico, mostrando sua determinação em ensinar uma nova palavra ao homem. Irritado, o dono da conveniência correu para o fundo da loja. Ele ainda tinha que organizar as coisas. No dia anterior, Zzayanchechegue perguntou se ela poderia comprar mais alguns chocolates portáteis e, por causa disso, a loja, que estava organizada, voltou a ficar bagunçada.

— Do que adianta organizar se não lembro onde coloquei as coisas? Vejamos, vai ser melhor deixar os itens essenciais separados. Oooonnde será que coloquei a caixa que recebi outro diaaa?

O Sr. Won Dong-ung cantarolava enquanto procurava a primeira caixa de itens essenciais que recebeu antes de fazer o pedido. Ele bateu nos armários empilhados no alto com a vara de gancho até que encontrou a caixa, mais uma vez, no topo da viga.

— Quem é que guarda isso aqui em cima?

Quando se acalmou, o Sr. Won Dong-ung pegou a caixa com dificuldade e retirou os itens de dentro. Ele juntou os pendrives, que brilhavam com uma estranha cor roxa dentro de uma lata vazia, e os colocou na nova caixa de itens essenciais. Colocou também garrafas com um líquido parecido com água, alguns tradutores descartáveis e os respiradores de emergência. No fundo da caixa, havia o restante do chocolate portátil que comeu sem perceber na última vez.

Ao olhar para o chocolate, se lembrou de Zzayanchechegue. *Uma pessoa tão ingênua,* pensou. Desde o momento em que alguém que deseja esconder suas origens sobe ao palco, ela já está caminhando para a desgraça. Era surpreendente que ela não tivesse sido descoberta até aquele momento.

Sem perceber, o Sr. Won Dong-ung parou de mover as mãos, que estavam ocupadas organizando as coisas. Ele estava mergulhado em pensamentos quando o grito do cliente jornalista, entrando correndo na loja o fez despertar.

— Ei, Dong-ung! Estamos encrencados!

— O que foi? Pare com esse drama. Você está me deixando tonto.

— Zzayanchechegue se envolveu em um grande escândalo! Por que o mundo é tão cruel?

— Você por acaso está fazendo teatro para passar um tempo?

— Como você é frio. Escute só!

Quando o Sr. Won Dong-ung desaparecera para dentro da loja, o jornalista foi até o guichê para pegar um jornal e encontrou um colega que lhe contou a história, pois sabia que ele era fã de Zzayanchechegue.

Segundo ele, algumas horas atrás, grandes caixas enviadas de forma anônima chegaram ao camarim do teatro onde estava ocorrendo a apresentação da atriz. Em cada uma delas, o nome de Zzayanchechegue estava escrito como destinatário, e todas estavam cheias de chocolates portáteis.

Nos bastidores, as notícias se espalharam rapidamente. Havia rumores absurdos, como ela ter se casado com um fã ou ser obcecada por doces, mas a maioria das pessoas achava estranho o recebimento de tantas caixas daquele doce específico. Talvez, já houvesse suspeitas sobre suas origens circulando no mundo do teatro.

— Como você sabe, a cor da pele de Zzaya...

— O que tem a cor da pele dela?

O Sr. Won Dong-ung passou a mão no rosto com uma expressão desconfortável e o cliente jornalista sussurrou em seu ouvido:

— Bem... preciso mesmo dizer em voz alta? Estavam suspeitando que ela fosse de uma classe inferior por causa da cor da pele, é isso.

Como ela estava no topo há tanto tempo, essas suspeitas se espalhavam rapidamente. Inveja, ciúmes, admiração, frustração e até ódio se combinaram para a captura de pontos incomuns em Zzayanchechegue. A partir do momento em que ela começou a distribuir chocolates para as pessoas ao seu redor, aumentaram as suspeitas. E foi junto com esses acontecimentos que chegou o presente de mau gosto.

— Como já falei antes, os moradores de lá não são bem tratados. Pense um pouco. Eles fazem as pessoas ao redor chorarem como se fossem sacos de água furados. A espécie dela nem consegue um emprego decente. Os outros deveriam evitar a espécie da Zzaya. Elas são vistas como uma doença que espalha depressão! Se descobrirem que passaram anos a idolatrando ... não quero nem imaginar.

— E você? Você se importa com o fato de Zzaya ser daquela espécie de... cebola, ou o que for?

— Claro que não! Isso não vai diminuir meu carinho por ela.

— Então, talvez outras pessoas também pensem assim. A meu ver, você está sendo muito dramático.

O cliente jornalista balançou a cabeça em negação.

— Eu vi o rascunho da matéria que meus colegas estavam escrevendo. O mundo definitivamente não está a favor dela ...

— Ah, meu Deus.

— Pobrezinha...

O Sr. Won Dong-ung fingiu não ouvir o lamento do jornalista, fechou a boca com força e ficou em silêncio. As pessoas são assim. Levam apenas alguns segundos para que um sorriso carinhoso se transforme em um olhar de desprezo. Ele sabia disso muito bem.

— Que tola. Por que comprou os chocolates, para o começo da conversa? Pediu para que desconfiassem. Para que distribuir os chocolates para as pessoas? Claramente é suspeito! Teria sido melhor ignorar, deixar que os outros chorassem, ficar deprimidos e reclamassem. Nem afetava tanto se não chegasse tão perto mesmo — o Sr. Won Dong-ung resmungou e entrou novamente na loja.

Aquele dia passou de forma melancólica. O cliente jornalista disse que tentaria fazer algo a respeito e desapareceu; depois disso, uma enxurrada de clientes começou a chegar. Todos pareciam saber sobre a história de Zzayanchechegue. Embora o Sr. Won Dong-ung não estivesse interessado em ouvir, foi constantemente bombardeado pelos visitantes ansiosos para compartilhar o sofrimento que Zzayanchechegue estava enfrentando. Diziam que ela seria expulsa da peça que fazia há mais de dez anos, que um ator que havia falecido tempos atrás teve depressão por causa da influência de Zzayanchechegue, que ela parecia vir de uma classe baixa mesmo... Comentários como esses, dizendo que pessoas de sua origem sempre causavam tragédias ao seu redor e que era uma vantagem desleal se tornar uma atriz de tragédias sabendo disso, se espalharam rapidamente. Pareciam ganhar vida própria, crescendo, se multiplicando e se replicando.

— Isso é tão injusto. Nunca foi pelo talento na atuação, era apenas a espécie dela! — disse um cliente em a voz alta enquanto deixava cair o troco no chão da loja.

O Sr. Won Dong-ung nem chegou a ouvir a segunda parte da conversa. Ele havia desligado o tradutor que usava depois de perceber que a pessoa falava há mais de cinco minutos sobre Zzayanchechegue.

Além disso, usar o tradutor por muito tempo costumava causar dores de cabeça, então já era hora de fazer uma pausa. Enquanto balançava a cabeça de forma mecânica, apenas torcia para que o cliente fosse embora logo. Estava exausto. Tudo relacionado a Zzayanchechegue lhe causava um grande incômodo e, para piorar, com essas pessoas chegando de madrugada, não dormia direito há dias.

Hoje vou fechar a loja cedo. Nem vou abrir à noite, pensou ele.

Quando finalmente adormeceu, o Sr. Won Dong-ung ouviu uma voz familiar vinda do lado de fora da loja.

— Dong-ung! Dong-ung! É aqui!

Era uma voz que parecia estar quase chorando, e o Sr. Won Dong-ung quase não entendeu. Ele suspirou profundamente, saiu para o quintal que usava como depósito e viu o cliente jornalista chorando ao lado de Zzayanchechegue, ambos escondidos próximos a um saco de vegetais.

— O que é agora?

— Passamos o dia todo escondidos. Você pode trazer aquele... como é o nome? Shaka de cereais? O que tomei mais cedo... A srta. Zzaya não comeu nada o dia inteiro.

O Sr. Won Dong-ung queria reclamar, mas ao ver o rosto de Zzayanchechegue, suspirou e foi preparar um pouco do *shake* de cereais. Zzayanchechegue, que estava visivelmente mais abatida do que antes, aceitou a bebida, mas não conseguiu tomar. Ela apenas tremia e após alguns minutos, falou:

— Eu já imaginava que algo assim poderia acontecer... mas as pessoas mudam tão rápido e isso é realmente muito assustador.

— Que confusão, não é?

— Eu sabia que as pessoas me odiariam, mas não consigo suportar vê-las falando mal da minha terra e da minha origem... — Zzayanchechegue colocou as mãos na cabeça, murmurando com pesar.

— Eu deveria ter previsto que isso aconteceria. Faço todos ao meu redor infelizes. Deveria ter ficado no meu planeta sem fazer nada. Quando decidi sair, todos tentaram me impedir, mas eu...

— Srta. Zzaya, por favor, não se culpe.

— Nosso planeta... todos sabem. Até existem pessoas que começam uma nova vida fora de lá. Mas todas elas...

— Vivem de forma isolada, sem encontrar ninguém — o cliente jornalista respondeu, amargo.

Entre os que saíam da terra natal de Zzayanchechegue, o planeta NGC-3344, a maioria trabalhava sem contato com outras pessoas, como faxineiros, seguranças noturnos ou motoristas de caminhão. Isso porque não conseguiam suportar as críticas que despejavam sobre elas. Assim, procuravam lugares isolados, tornando-se invisíveis.

— Lembra daquela pessoa que eu te falei? O perfumista que me tirou de lá? Um dia, ele me contou que existem diferentes tipos de lágrimas...

Zzayanchechegue começou a chorar enquanto falava.

— Quando me conheceu, ele disse que as lágrimas que ele derramou não eram de tristeza. Porque não eram pegajosas. Eram apenas causadas por substâncias lacrimogêneas.

— Então você está dizendo que a sua espécie não faz as pessoas ficarem tristes? — perguntou o cliente jornalista com os olhos vermelhos.

— Isso mesmo. A história de que as pessoas do meu planeta fazem os outros tristes é uma mentira.

— Isso é... bem... como se fosse cortar cebola, eu diria.

O Sr. Won Dong-ung esfregou os olhos, que começaram a arder.

— Me desculpe — Zzayanchechegue sussurrou com suavidade e ofereceu um lenço a ele. Era apenas era um lenço velho, cujo cheiro familiar havia desaparecido.

— Lágrimas causadas por emoções têm um nível mais alto de hormônios de base proteica. Elas também são mais viscosas. É por isso que as de tristeza permanecem mais tempo no nosso rosto. Elas são mais visíveis para os outros, ao contrário das lágrimas que são causadas por simples reflexo, como as que a minha espécie causa... — Zzayanchechegue sorriu, com o rosto marcado pelo choro — Eu só queria ser vista. O meu desejo não era necessariamente ser atriz. Já mostrei quem sou e isso já basta. Acho que é hora de voltar para o meu planeta, antes que as pessoas que amo sejam ainda mais odiados...

— Não, não faça isso! — exclamou o cliente jornalista, desesperado.

Mas o Sr. Won Dong-ung assentiu. Ele pensava que aquilo era o certo a se fazer. O estrangeiro que não conseguir esconder sua verdadeira identidade deveria partir. O mundo que ele conhecia funcionava dessa maneira. Como Zzayanchechegue disse, era melhor recuar antes que as coisas piorassem: antes de machucar as pessoas que amava, antes que fosse tarde demais.

Nesse momento, um som de alarme ecoou. Vinha do casaco de Zzayanchechegue. Com as mãos trêmulas, ela pegou algo que parecia um telefone.

— Tem muitas mensagens de voz aqui. Todos os números são desconhecidos...

— Não atenda! Isso é muito suspeito — gritou o cliente jornalista. — Pode ser da pessoa que está te ameaçando!

— Se for mesmo uma mensagem dessa pessoa, preciso ouvir. Preciso saber o que ele quer.

Com um olhar decidido, Zzayanchechegue apertou o botão.

Vozes começaram a ecoar em uma língua incompreensível. Eram muitas, de diferentes idades e tons: vozes de idosos, de jovens, vozes altas, baixas, roucas e claras. Algumas pessoas falavam arrastado, outras, de forma clara e direta. As vozes não paravam.

Confuso, o Sr. Won Dong-ung olhou para o cliente jornalista. Pela expressão perplexa, estava claro que ele também não entendia o que estava sendo dito. Ambos olharam para Zzayanchechegue, que, mais uma vez, estava chorando.

O jornalista falou, furioso:

— Quantos agressores são? Não posso acreditar que haja tanta gente sem vergonha assim! O que eles estão dizendo?

Zzayanchechegue balançou a cabeça. Na verdade, ela estava sorrindo e com lágrimas nos olhos. Seu sorriso era tão radiante que parecia ser capaz de diminuir a tristeza de quem estava ao seu redor. Ela começou a traduzir as mensagens para os dois, que não conseguiam entender a língua desconhecida.

— No meio das escadas, embaixo de um esgoto, no topo de uma montanha isolada...

— O que você está querendo dizer? — o cliente jornalista perguntou, com uma expressão perplexa.

— Eu também não sei — o Sr. Won Dong-ung respondeu, também confuso.

As palavras de Zzayanchechegue continuaram:

— Em um balneário de um pequeno planeta, onde estão acumulados todos os lixos desse mundo, no farol no fim do mundo, no meio da neve gelada, em uma pequena lavanderia...

— Srta. Zzaya, eu realmente não entendo o que está querendo dizer! — disse o jornalista, com uma expressão de tristeza.

Mas o Sr. Won Dong-ung permaneceu em silêncio, ouvindo os lugares que estavam sendo mencionados. Todos eram isolados. Como ele e sua loja.

A mensagem terminou.

— Eles estão enviando para mim.

— Uma mensagem de ameaça? — perguntou o cliente jornalista, ainda tentando entender a situação.

Zzayanchechegue sorriu.

— Não. De apoio e amor. São pessoas da minha terra natal. Acho que descobriram que eu sou de lá por meio das notícias. Sabendo quem é a pessoa, é fácil descobrir o número. Nosso planeta é pequeno.

— Você não tinha dito que todos ficavam isolados? Parece que muitos estão fora!

— Pois é... estão mais espalhados do que eu pensava... — Zzayanchechegue murmurou.

— Enviar essas mensagens deve ter sido muito caro para eles. Como tantas pessoas conseguiram...

— Ei, quando alguém da sua terra natal sofre por causa de suas origens, não se pode simplesmente ficar de braços cruzados. Na Coreia, há um ditado que diz assim: os melhores laços são aqueles que vêm da vida acadêmica e da terra de origem!

— Que ditado estranho… tem certeza de que é usado nestas situações? — disse o cliente jornalista, inclinando a cabeça.

Durante um bom tempo, nem Zzayanchechegue, nem o jornalista apareceram na loja. O Sr. Won Dong-ung aproveitou seus dias de paz, dormindo profundamente todas as noites. Ele se mantinha ocupado brincando com o gato que insistia em se acomodar sob o estrado. Estava feliz com a paz que havia finalmente encontrado. Até o cliente jornalista ligar às três e meia da madrugada.

— Você não pode verificar a hora antes de ligar? Vou trocar de número.

— Ah, desculpe, desculpe. Não tenho muitas chances de usar o comunicador galáctico escondido. Nem todo mundo carrega um como a srta. Zzaya. E o horário do seu planeta é muito estranho. O que é esse negócio de basear tudo em sessenta? Hahaha.

— Não tem graça nenhuma. Se for para continuar falando bobagens, desligue.

— Na verdade, Zzayanchechegue me convidou para um espetáculo. Vai acontecer em três dias. E é um assento VIP! É muito difícil conseguir, sempre é muito disputado. Vamos juntos, vou cuidar do visto de visitante.

— Mas ela não disse que ia deixar a profissão de atriz? Decidiu continuar seguindo a carreira?

— Te conto melhor quando nos encontrarmos.

— E quanto à loja?

— O espetáculo deve acontecer na madrugada ou bem cedo no seu fuso. Vamos sem falta, está bem?

Para evitar ouvir um não, o cliente jornalista desligou o telefone.

— Se eu for, não vou conseguir dormir de novo…

E então, o Sr. Won Dong-ung voltou a dormir.

O Sr. Won Dong-ung estava usando sua melhor roupa, algo que preparou para usar no dia do casamento da filha, e segurava um buquê. Estava meio murcho e de aparência simples. O cliente jornalista, que estava todo arrumado como se fosse o dia do próprio casamento, o puxou para dentro do teatro. Era minúsculo, do tamanho da loja do Sr. Won Dong-ung. Desapontado, ele perguntou ao cliente jornalista:

— Você não tinha dito que ela era uma atriz que representava a 38ª galáxia? Este é o melhor teatro da sua galáxia? Vocês devem ser bem pobres, não é? Se bem que já tinha percebido quando construíram o terminal daquele jeito.

— Não! Foi a escolha da srta. Zzaya. Depois de escutar as mensagens, ela refletiu. Em vez de deixar a carreira de atriz e voltar para seu planeta, fez uma coletiva de imprensa e admitiu que realmente pertencia àquela espécie.

— Ai, ai... que escolha tola.

— Como assim, tola? Eu não acho. Claro, as reações das pessoas não foram positivas. Ela foi expulsa de todas as peças nas quais estava e passou por um momento muito difícil. Mas nem todos são cruéis. Alguns, assim como eu, ainda querem continuar vendo sua atuação.

O Sr. Won Dong-ung olhou para o cartaz do espetáculo. Estava escrito em um idioma alienígena que ele não conseguia entender. Percebeu que nem sequer perguntou o nome da peça. Não se importava. Só estava ali porque o jornalista havia insistido.

O jornalista, orgulhoso, entregou os ingressos para o funcionário do local, que os conduziu até os bastidores. Zzayanchechegue os recebeu com um traje de palco brilhante.

— Obrigada por terem vindo.

— Obrigado pelo convite.

— Eu que agradeço. É uma honra indescritível para mim — o cliente jornalista gaguejou, impressionado com a aparência da atriz.

Zzayanchechegue sorriu, dando-lhe um tapinha no ombro.

— Fizemos até uma coletiva de imprensa juntos, por que o nervosismo?

— Uma coletiva com Zzayanchechegue… realmente, sou um fãbem, um fãbem! Obrigado, Dong-ung. Agora somos amigos para sempre, vamos fazer o juramento com sangue!

— E a pessoa que te ameaçou, já foi pega? — perguntou o Sr. Won Dong-ung, empurrando o cliente jornalista para longe.

— Não. Depois da coletiva, recebi algumas cartas com ameaças, mas nada além disso. O que essa pessoa poderia fazer? Tomei as rédeas antes que ela pudesse expor os meus pontos fracos. Acho que foi o suficiente para dar uma boa lição.

Zzayanchechegue gargalhou e o Sr. Won Dong-ung fez uma pausa antes de falar com seriedade:

— Bem, não sei se deveria falar isso agora que parece que tudo está em ordem, mas… pensei um pouco sobre o caso durante meu tempo livre e acho que sei quem está te ameaçando.

— Hã? Quem? Eu vou lá imediatamente e…

Ignorando a empolgação do cliente jornalista, o Sr. Won Dong-ung continuou:

— Saiba que não o estou acusando só por ter sido mal-educado comigo, mas… quando fui fazer novos pedidos depois de vender o chocolate para a Zzayanchechegue…

O Sr. Won Dong-ung contou que quanto mais refletia, mais o funcionário do fornecedor parecia suspeito. Ele não era o único que podia ter acesso às informações dos passageiros do terminal e da demanda por chocolates em um lugar tão isolado?

O Sr. Won Dong-ung explicou detalhe por detalhe sobre o funcionário, com um sentimento de rancor acumulado. Disse que ele o incomodou desde o início. Que o chamou de alienígena e falou de um jeito mal-educado. Quando disse que os chocolates haviam acabado, riu de forma desagradável. O Sr. Won Dong-ung finalizou a sua fala acrescentando que devia ter lembrado antes e contado. Ao mencionar que ele acidentalmente vazou a informação da visita de Zzayanchechegue à sua loja, o cliente jornalista se irritou:

— Como você pôde sair falando essas coisas?

— Eu? Foi você quem me contou sobre as informações da srta. Zzaya!

— Eu estou bem agora. Foi melhor assim — Zzayanchechegue disse, interrompendo os dois com um sorriso.

— Você realmente está bem?

A pergunta do Sr. Won Dong-ung fez Zzayanchechegue hesitar. Embora estivesse luxuosamente adornada com maquiagem, flores e acessórios, havia uma sombra visível sob seus olhos, que não pôde ser escondida. Quando seus lábios começaram a tremer, o Sr. Won Dong-ung puxou o buquê de flores que estava segurando, entregando-o a ela. Eram flores roxas, com um cheiro peculiar.

— Senhorita cliente, você sabe o que é isso? Se chama cebola, e é igualzinho a você. Eu sempre quis te falar isso.

— Cebola?

— Sim, sim. Quando a gente corta a cebola, temos vontade de chorar. Exatamente como você.

O Sr. Won Dong-ung parou por um momento e tirou algumas folhas murchas. Na madrugada, ele havia ido pessoalmente até o mercado de Bongcheon, que ficava fora do terminal, e fez esse buquê. Embora resmungasse o tempo todo, ele arrumou as flores com as mãos desajeitadas.

Ele havia reparado na sombra inevitável no rosto de Zzayanchechegue, que sorria de maneira forçada.

Revelar sua origem era assim. Era uma fraqueza. Significava revelar um pretexto para que pudessem te odiar à vontade. O Sr. Won Dong-ung se lembrou do momento em que entrou em uma batalha interminável ainda na infância. Lembrou que alguém o abraçava enquanto derramava um líquido preto. A lágrima de sua mãe, que molhou suas costas naquele momento, tinha o cheiro do lenço de Zzayanchechegue.

Por isso ele não podia deixar de fazer o buquê. Aquilo era seu consolo.

Ele apontou para a base redonda.

— Admire as flores. Quanto às raízes, corte, frite e coma.

— Cortar e fritar algo que se parece comigo? Isso parece meio estranho… Enfim, você pode me passar as informações do funcionário do fornecedor?

— O quê? Você não tinha dito que estava tudo bem assim? Que já tinha dado uma lição na pessoa?

Zzayanchechegue sorriu com malícia ao ouvir a pergunta do Sr. Won Dong-ung.

— Quando foi que eu disse isso? Você não conhece essa fala? Dizem que quanto maior a vingança, mais doce ela é, igual chocolate.

— Uau, eu estou mesmo ouvindo essa fala famosa ao vivo? Acho que a próxima era algo do tipo…

Enquanto observava os dois imersos em seu próprio mundo, o Sr. Won Dong-ung balançou a cabeça.

O espetáculo foi maravilhoso. O melhor de tudo, e um alívio para o Sr. Won Dong-ung – e para outros espectadores que queriam apenas assistir em silêncio – era que os assentos VIP estavam no segundo andar, afastados de outros espectadores. Embora estivesse um pouco mais distante do palco, ele pôde reclamar à vontade durante toda a apresentação.

— Essa cena é muito longa, aqui eles estão cantando sem necessidade, aqui as roupas estão ridículas — ele reclamava cena após cena.

Sem se importar com isso, o cliente jornalista chorava e aplaudia.

— Hum, não tinham dito que era uma obra trágica? Não achei triste — o Sr. Won Dong-ung reclamou enquanto secava as lágrimas com o segundo lenço que havia trazido.

EP 3.

A flor que flutua para sempre

Flocos de penugem cobriam o estrado.

O Sr. Won Dong-ung suspirou profundamente ao sair para o quintal de manhã. Já estava na hora de fazer uma limpeza. Foi até a parte de trás da conveniência. Havia pilhas de detergente, molho de peixe e latas de óleo de cozinha empilhadas. Depois que a loja foi transferida para o terminal, esses itens se tornaram inúteis, pois ninguém os utilizava.

O Sr. Won Dong-ung espirrou algumas vezes e começou a revirar as coisas. Cada vez que mexia em algo, os flocos se espalhavam ainda mais, e tudo era tão pesado que até a suas costas doíam. No meio da bagunça, ele finalmente encontrou a vassoura que estava escondida entre um monte de mata-moscas.

Com o item em mãos, ele saiu para o quintal, já cansado. Varreu o chão de maneira desleixada, até que parou para olhar com rancor o salgueiro ao lado da loja. A árvore, que era a responsável por todos aqueles flocos de penugem, continuava soltando inocentemente as sementes macias, como se não tivesse culpa de nada.

As sementes do salgueiro flutuavam não apenas na frente da loja, mas por todo o terminal. Alguns passageiros que estavam esperando o voo da madrugada gargalhavam enquanto balançavam os braços, encantados com os flocos que a árvore espalhava. Todos os anos, por volta dessa época, o salgueiro soltava as sementes. Mas tudo isso parecia ainda mais intenso nesta primavera, a primeira desde que a loja foi incorporada ao terminal. Isso porque, exceto pelo buraco no teto destinado à entrada de luz, o local estava completamente fechado de todos os lados.

— Talvez eu devesse ter cortado a árvore… — murmurou o Sr. Won Dong-ung.

Antes do início da construção, quando o Sr. Won Dong-ung estava arrumando as coisas para ficar na casa da filha durante as obras, alguns operários apareceram para organizar a área. Eles montaram uma barreira protetora ao redor da loja e tentaram cortar a árvore que ficava em frente. Mesmo abatido pelo fracasso de conseguir uma boa indenização, o Sr. Won Dong-ung correu para fora da conveniência e impediu que os operários a cortassem. Assim, ela sobreviveu junto com a loja, protegida dentro da barreira de segurança. Em um gesto generoso, os homens ainda abriram um buraco no teto para garantir que a planta recebesse a luz do sol.

Mesmo tendo lutado tanto para protegê-la, as sementes felpudas que se espalhavam por todo o terminal, estavam se tornando um verdadeiro incômodo. Os administradores mesquinhos da Companhia de Construção com certeza não fariam limpezas periódicas, o que significava que se o Sr. Won Dong-ung não varresse tudo sozinho, aquelas sementes ficariam vagando pelo terminal para sempre. Ainda assim, uma parte dele sentia pena da árvore, presa ali dentro, espalhando sementes que jamais poderiam germinar. *Na verdade, eu também estou preso aqui*, ele pensou. Desviando o olhar da árvore, continuou a limpar.

A cada montinho de algodão que se desfazia, as memórias da época em que a árvore foi plantada voltaram.

A conveniência era o destino final do Sr. Won Dong-ung e sua mãe, que foram andarilhos durante um bom tempo. A loja era velha e escura desde essa época.

— E se eu tentasse mudar um pouco? — a sua mãe murmurou.

Então, segurando a mão do Sr. Won Dong-ung, foi em direção à beira do rio Han, onde trabalhadores estavam derrubando todas as árvores para o novo projeto de desenvolvimento. Eles pegaram uma das pequenas árvores e a plantaram na frente da loja.

Um pequeno salgueiro em frente a uma pequena loja de conveniência. A cena se encaixava perfeitamente, como uma peça de quebra-cabeça que finalmente encontrava seu lugar. Eles sacudiram as mãos sujas de terra e olharam para a loja, que agora seria seu novo lar. Os corações estavam cheios de incertezas e expectativas.

O Sr. Won Dong-ung, imerso em suas lembranças enquanto varria o chão, viu um cliente se aproximando da loja. Essa pessoa, que havia começado a frequentar o estabelecimento com mais frequência, estava sempre coberto com um tecido estranho. Por conta disso, o Sr. Won Dong-ung o chamava de "cliente enrolado". Ele costumava aparecer em horários mais tranquilos, sentando-se no estrado por um tempo. Sua situação financeira não parecia ser das melhores, já que raramente comprava algo na loja. No entanto, ele sempre ajudava de alguma maneira, como recolhendo lixo na frente da loja ou movendo objetos pesados, sempre sem dizer uma palavra.

O Sr. Won Dong-ung nunca tinha visto o rosto do cliente. Ele estava sempre envolto em tecidos de diferentes padrões e cores, cobrindo cada centímetro do corpo, e usava um capacete com uma viseira fechada, como se fosse uma persiana. Observando aquela vestimenta, ele se perguntava o que o cliente faria quando o verão chegasse. Mesmo com o tempo já bastante quente, ele continuava vestindo a mesma roupa. Parecia determinado a enfrentar o calor daquela maneira.

Certa vez, movido pela curiosidade, o Sr. Won Dong-ung tentou oferecer uma bebida para ver se ele revelaria o rosto. Ao perceber o quanto o outro ficou desconfortável, sentiu pena e logo entregou um canudo a ele.

O cliente enrolado fez um aceno com a cabeça e indicou a vassoura, estendendo a mão. Parecia que ele estava se oferecendo para limpar. Como os outros clientes estavam chegando, o Sr. Won Dong-ung mostrou o dedão em um sinal positivo e foi para dentro da loja.

Depois que alguns clientes saíram, o Sr. Won Dong-ung percebeu que a loja ficou um pouco mais limpa. Ele ficou aliviado e entregou uma garrafa de vitamina com um canudo fino ao cliente enrolado. Nesse momento, uma pessoa se aproximou com passos apressados. O Sr. Won Dong-ung rapidamente ligou o tradutor. O cliente que chegou, balançando um lenço azul cheio de adornos, soltou uma frase:

— Mantoya.

— Oi? — perguntou o Sr. Won Dong-ung, sem entender.

O cliente pegou um lenço bordado para limpar o suor e gritou, irritado:

— Mantoya! Man-to-ya! Ah, acelere!

Ainda sem entender, o Sr. Won Dong-ung ficou parado, e o cliente gritou novamente:

— Me dê uma passagem para Mantoya!

— Não vendemos passagens aqui.

— O quê? Isso não é um guichê? Por que não me entende? — o cliente tirou um relógio do bolso e perguntou com uma voz impaciente.

O Sr. Won Dong-ung, resmungando, apontou para o outro lado da loja.

— Você se confundiu. Vá até o outro lado do terminal, é só seguir reto até encontrar o guichê. Você compra a passagem lá, se quiser.

O cliente ignorou a explicação e olhou para o relógio. O Sr. Won Dong-ung o observava com uma expressão incrédula quando seus olhos se encontraram com os do cliente enrolado – embora o seu rosto estivesse coberto com capacete, ele tinha certeza que se entreolharam. O cliente enrolado deu de ombros sem que o cliente da passagem percebesse.

Depois de enfiar o relógio no bolso, o outro gritou:

— Já perdi o horário!

— Então, por que veio aqui fazer esse escândalo?

— Se aqui não é o guichê, você deveria ter me avisado logo!

— Chegando a essa hora, você teria perdido o voo mesmo que o guichê fosse aqui. Como é que a culpa é dos outros? — resmungou o Sr. Won Dong-ung.

— De qualquer forma, está vendo aquela parede? Os horários dos voos estão colados lá, dê uma olhada e espere. Se estiver com as pernas cansadas, pode descansar um pouco no estrado ali e...

— Quem você acha que é para mandar em mim?

— Não, o que quero dizer é que já que você perdeu o voo...

— Se você tivesse me avisado desde o começo, isso não teria acontecido! É por isso que você só consegue administrar uma lojinha medíocre dessas!

O cliente que já tinha uma pele azulada, ficou ainda mais azul de raiva e começou a gritar, apontando o dedo para o Sr. Won Dong-ung. O homem tentou responder, mas foi dominado pela fúria e nem conseguiu abrir a boca. Toda vez que o cliente apontava o dedo, os inúmeros botões presos à manga de sua roupa tilintavam.

O Sr. Won Dong-ung deu um passo à frente.

— Você está bêbado? Que escândalo é esse no meu estabelecimento?

— O quê?

O cliente da passagem agarrou o Sr. Won Dong-ung pela gola da camisa.

"Senhores, por favor, se acalmem" — uma tela eletrônica apareceu entre os dois, com essas palavras escritas nela. O cliente enrolado estava ao lado deles. O cliente da passagem soltou a gola do Sr. Won Dong-ung.

— O que você quer?

O cliente da passagem disse com tom provocador e o cliente enrolado colocou a bebida de vitamina que ainda segurava sobre o estrado e pegou a tela para escrever algo: "Estou verificando os horários dos voos. Um momento".

O cliente enrolado continuou escrevendo na tela. O Sr. Won Dong-ung, surpreso, observava. Ele havia se comunicado com o cliente enrolado por gestos, como tapinhas no ombro ou acenos de mão durante todo esse tempo, porque achava que ele não falava. Mas a tela parecia ter uma função de tradução automática. Quando o cliente enrolado escrevia com algo parecido com uma caneta, as traduções apareciam ao lado em coreano.

O cliente da passagem olhou para o cliente enrolado com uma expressão estranha, observando-o em silêncio. Ele mantinha a boca fechada e o analisava de forma desconcertante, com uma expressão que parecia meio irritada, meio sorridente.

O cliente enrolado terminou de escrever e virou a tela novamente para eles: "Senhor, tem um voo para o seu destino em quarenta e quatro minutos. Que tal esperar no estrado da loja?" "Não se sinta ofendido. Deve ter agido assim por urgência."

— Humpf!

O Sr. Won Dong-ung arrumou a gola amassada da camisa e o cliente enrolado colocou o dispositivo em algum lugar no tecido que o cobria. O cliente da passagem ainda o observava. Logo, ele perguntou em voz baixa:

— Você é um andarilho, não é?

Houve um breve silêncio. O cliente enrolado ficou parado, sem dizer nada. Talvez não quisesse tirar o dispositivo de novo depois de já tê-lo guardado em suas vestes. No entanto, o Sr. Won Dong-ung percebeu algo em sua postura. Algo como um sentimento calmo de aceitação. Mesmo que o cliente enrolado fosse capaz de falar sem o dispositivo, provavelmente não teria respondido àquela pergunta.

O cliente da passagem apontou para o braço esquerdo do cliente envolto em panos. O Sr. Won Dong-ung olhou mais de perto e percebeu que era um pequeno distintivo com formato de mão.

— Sabia. Isso é o R-Pass, não é? Seus parasitas sugadores de impostos.

— R-Pass? — o Sr. Won Dong-ung murmurou e o cliente da passagem olhou-o de cima a baixo. Depois de observar os dois alternadamente, ele riu.

— O mundo está ficando realmente maluco. Alienígenas por todo canto deste terminal...

— Mamãe, ouvi dizer dos meus amigos que tem um lanche que vende só aqui! — A voz de uma criança interrompeu o comentário do cliente da passagem. Uma família, composta por três pessoas, entrou na loja conversando.

O cliente da passagem tossiu e então falou em voz alta:

— Ei, cuide bem da criança. Tem um andarilho aqui.

Ao ouvir isso, os dois adultos hesitaram um pouco e puxaram a criança, que estava indo para o balcão onde os lanches estavam expostos. O cliente da passagem, verificando novamente seu relógio, virou-se rapidamente para sair. A família que estava observando a vitrine saiu logo em seguida.

— Mamãe, eu ainda não comprei!

A criança reclamava enquanto era levada porta afora. Apenas o Sr. Won Dong-ung e o cliente enrolado ficaram na loja.

O cliente enrolado rapidamente se levantou para sair, mas o Sr. Won Dong-ung o deteve. Ele sugeriu que sentassem um pouco no estrado para conversar, mas o cliente enrolado balançou a cabeça.

— Está preocupado com o que as pessoas vão pensar? Temos o quintal também. Você nunca foi lá, certo?

O Sr. Won Dong-ung pegou a vara com gancho e retirou uma pequena campainha de metal que estava pendurada em uma viga.

— Se colocar isso aqui, podemos saber quando o cliente chega. É o meu truque — enquanto pendurava a campainha acima da porta, o Sr.

Won Dong-ung falou com orgulho. — Normalmente, deixo a campainha aqui no teto para não fazer tanto barulho.

O cliente enrolado, ao contrário do costume, não tentou ajudar. Apenas ficou parado, observando sem fazer nada. O Sr. Won Dong-ung se calou e começou a empurrá-lo em direção ao quintal.

Ambos se sentaram em cima de sacos de mercadorias no quintal em silêncio. Eram os itens que o Sr. Won Dong-ung não tinha conseguido vender antes da construção do terminal, e agora estavam ali por serem produtos que só serviam para os humanos.

O Sr. Won Dong-ung bateu no saco de batatas que o fazia sentir dor nas nádegas e pensava que, mesmo que tivesse que comer só aquilo por um tempo, teria que continuar até acabar com os sacos de uma vez por todas.

O cliente enrolado pegou o dispositivo e, com calma, começou a escrever mais uma mensagem: "Os clientes saíram por minha causa, desculpe."

— Não é nada, foi por causa daquele cara estranho. Mas... eu achava que você não falava. Você sempre vinha, ajudava e ia embora sem dizer nada.

"Conversar por escrita é demorado. Não queria tomar seu tempo, senhor."

— A loja está sempre vazia, então não tem problema.

O cliente enrolado balançou a cabeça lentamente e começou a retirar os flocos de penugem que estavam presos no tecido.

O Sr. Won Dong-ung não sabia bem por que estava segurando o cliente e o impedindo de ir embora. As palavras do cliente da passagem, chamando-o de "andarilho" e a forma como o outro aceitou em silêncio, o incomodava. O Sr. Won Dong-ung soltou um suspiro.

— O que há de errado em ser um andarilho? Será que essas pessoas acham que vão ter uma casa para sempre? Que vão comer e dormir confortavelmente, sem preocupação, o resto da vida? Que pessoas horríveis.

"Ser um andarilho..."

O cliente enrolado escreveu, apagou, e depois finalmente parou de escrever, deixando a tela em branco. Flocos de penugem caíram sobre o dispositivo. Essa árvore exalava uma presença irritantemente constante. O Sr. Won Dong-ung lembrou-se do dia em que chegou ali, quando abriu a loja. Ele se lembrou da alegria de ter encontrado um lugar para começar a vida. Naquele dia, ele e sua mãe plantaram a árvore com a esperança de nunca mais precisar partir.

— Eu também acho que entendo um pouco. Depois de deixar minha cidade natal, vivi com minha mãe vagando de um lado para o outro.

O cliente enrolado apagou o que estava escrevendo para perguntar:

"Por quê?"

— Por minha causa, claro...

Vagar pelo mundo, talvez, fosse como carregar a própria vida de um lado para o outro. Em outras palavras, a própria vida se tornava um fardo.

A mãe, que nasceu em uma família rica e sempre usou coisas boas e caras, foi completamente transformada pela vida de andarilho. Coisas bonitas e boas não estavam mais entre suas posses, e apenas alguns itens simples e desgastados permaneceram com eles. Quando ela deixou a casa dos pais, levou roupas delicadas e bonitas, mas com o tempo, essas roupas se tornaram mais um fardo. Toda vez que o pequeno Dong-ung via um brinquedo no mercado e queria comprar, a mãe não deixava, porque se tornaria um fardo.

Tudo pelo que eles tinham apego acabou se tornando um fardo. Depois de andar por horas com a carga de mudança que mais parecia um pesadelo, o pequeno Dong-ung finalmente foi capaz de abandonar todo o apego. Brinquedos, livros de contos, sapatos bonitos, tudo aquilo que ele guardava com carinho tornou-se simplesmente um fardo. Às vezes, ele temia ser um fardo para a mãe, assim como aqueles objetos.

O avô não a odiava. Se ela estivesse sozinha, poderia viver confortavelmente em uma boa casa. Mas ela o levou junto. Sem saber, talvez tivesse se tornado o fardo de sua mãe, assim como um brinquedo que ele gostava muito, mas que desapegou em algum momento.

Eles viviam com malas e sentimentos compactados, tensos porque estavam sempre prontos para partir.

— Quando abri a loja, essa vida de andarilho acabou. Eu acho que algum dia, você também vai encontrar um lugar para chamar de lar. Não deixe que as palavras dessas pessoas te afetem.

"Eu espero que isso seja possível."

De repente, o som da campainha ecoou do outro lado da loja. O Sr. Won Dong-ung se levantou apressado.

— Descanse um pouco. E não se preocupe em me ajudar. Entre andarilhos, não há necessidade de fazer isso.

Com essas palavras, ele entrou na loja, mas olhou para trás rapidamente. O cliente enrolado estava sentado sobre o saco, observando silenciosamente os flocos de penugem flutuando no ar.

No dia seguinte, o Sr. Won Dong-ung passou uma manhã tranquila. Ele fez uma limpeza na conveniência, cozinhou muitas batatas – as mesmas que estavam no saco onde ele se sentou no dia anterior – e colocou as sobras sobre a lareira da loja. Sentado no balcão, ele passava o tempo tentando pegar os flocos de penugem que flutuavam com um mata-moscas. De repente, o som da campainha soou. *Ah, esqueci de tirar aquilo ontem*, o Sr. Won Dong-ung pensou enquanto olhava para a porta.

Uma pessoa entrou, fazendo uma pequena reverência. Era o funcionário do guichê. Depois de se conhecerem, o funcionário havia visitado várias vezes a loja e, ultimamente, parecia estar se divertindo comprando várias coisas para experimentar.

— Agora você está fazendo suas refeições aqui em vez de pegar uma nave para ir comer?

— Sim, dessa forma, também disponho de um momento para repousar — o funcionário respondeu com seu jeito peculiar enquanto observava os itens na seção de petiscos.

Logo em seguida, foi até a seção de detergentes, pegou e cheirou os produtos. Ele parecia estar seriamente pensando sobre o que escolher, até que se aproximou do balcão com um frasco de amaciante com cheiro de frésia.

— Você vai comer isso?

— Sim, parece apetitoso...

— Hum, que tal pegar umas batatas ali na lareira para experimentar? Eu deixei para eu comer, então não vou cobrar nada.

O funcionário do guichê se aproximou da lareira e observou as batatas.

— Isso... é realmente adequado para consumo?

— Ah, para quem ia comer amaciante, é mais do que comestível. E todos os alimentos aqui foram inspecionados pelos funcionários da Companhia de Construção de Trânsito.

O funcionário do guichê sentou-se em uma cadeira improvisada, feita com caixas de bebidas velhas, e cheirou as batatas com cautela, antes de dar uma mordida. Em silêncio, o Sr. Won Dong-ung trouxe um saleiro. O funcionário experimentou um pouco da batata com o sal e, enquanto degustava, falou:

— A propósito, ocorreu algum incidente na loja ontem?

— Pode-se dizer que sim, pode-se dizer que não, é sempre assim. Por quê?

— Ontem, um passageiro dirigiu-se a mim e proferiu inúmeros insultos à loja.

— O cliente com o lenço de mão?

— Exatamente, esse cidadão estrangeiro.

— Pelo menos encontrou o guichê. Ele conseguiu pegar o voo?

O funcionário do guichê mastigava as batatas salgadas enquanto olhava para o Sr. Won Dong-ung, que estava tentando pegar os flocos de penugem com o mata-moscas. Então, perguntou:

— O senhor não se sentiu incomodado?

— Bem, se fosse uma ou duas vezes, até ficaria. Mas já lidei com todos os tipos de gente, então não faz mais diferença.

— No entanto, tratava-se de um caso excepcional.

O Sr. Won Dong-ung inclinou a cabeça, como se dizendo "o que eu poderia fazer?", e o funcionário do guichê o observou, pensativo. Após um momento, disse:

— Minha visão é extremamente deficiente. O senhor saberia me dizer por que não utilizo óculos?

— Por quê?

— Não desejo enxergar com clareza os clientes inconvenientes, pois isso me causa extremo desconforto. Gostaria de vê-los da maneira mais desfocada possível. Ah, será que existe algum óculos capaz de obscurecer seus rostos?

— Esse seu jeito de falar também é por causa dos clientes?

Com a batata na boca, o funcionário do guichê riu.

— Havia tantas pessoas reclamando sobre a minha forma de falar, que configurei o tradutor para a versão mais formal possível. Hum, gostaria que eu o desligasse?

O funcionário mexeu no tradutor instalado próximo à sua têmpora. Fez-se um clique e, então, sua fala voltou ao normal.

— Aquele cara era muito inconveniente, não era? Ele gritou no guichê também. Fiquei cerca de trinta e dois minutos ouvindo-o falar. Ugh. Ainda bem que o voo dele estava perto. Inclusive, isso aqui é muito bom. Posso comer mais um?

O Sr. Won Dong-ung fez um gesto com a mão, indicando que ele podia comer à vontade. A conveniência estava silenciosa, sem nenhum cliente. O funcionário do guichê pegou mais uma batata e perguntou:

— Os andarilhos vêm aqui? Ele falou sobre isso.

— Quem são esses andarilhos? São mendigos ou algo assim?

— Hum… — o funcionário do guichê hesitou. — Na verdade, quando se fala em andarilhos… geralmente é uma referência a um grupo específico. São, digamos, refugiados espaciais…

O funcionário devorava as batatas com uma velocidade impressionante enquanto continuava a explicação: os andarilhos, segundo ele, eram pessoas que vagavam de planeta em planeta após a destruição de sua terra natal. Em qualquer lugar em que chegassem, sempre causavam problemas e se envolviam em crimes, tornando-se um grande incômodo para toda a galáxia.

— É tão negativa assim a percepção sobre eles?

— Sim, eles são responsáveis pela maior parte dos crimes. Escutei que o amigo de um amigo meu teve todo o dinheiro roubado por um andarilho. Ah, e também tem o problema do imposto, por causa do tal R-Pass.

— O que é esse R-Pass? Ele falou disso ontem também.

— Os andarilhos recebem um passe do governo da União Intergaláctica. Com esse passe, eles têm acesso gratuito a naves espaciais e portais dimensionais. A ideia é evitar que fiquem em um só lugar, porque, se deixados sem recursos, eles certamente se fixariam em algum lugar — explicou o funcionário, limpando a boca.

O R-Pass era uma solução improvisada para uma situação da qual ninguém queria se responsabilizar. Nenhum planeta queria hospedar estrangeiros sem vínculos. Por isso, o governo da União Intergaláctica criou uma lei proibindo que esses andarilhos permanecessem por mais de um tempo específico em um único planeta e concedeu-lhes passes sem restrições.

Com o status de refugiados espaciais e o R-Pass, essas pessoas viveriam vagando por naves e estações espaciais, sem conseguir se estabelecer em lugar algum. Eles estavam sempre à deriva, e os habitantes da 38ª galáxia os chamavam de "andarilhos".

O Sr. Won Dong-ung falou, amargo:

— Aquele cliente todo enrolado em panos era um andarilho.

— Os andarilhos realmente vêm aqui? Acho melhor não os deixar entrar. Eu até sinto pena deles, mas aqui é um estabelecimento comercial. Com certeza vai ter problema.

Depois de dizer um "Estava delicioso!", o funcionário do guichê se levantou e apertou o botão do tradutor.

— Agradeço pela refeição. Da próxima vez, terei o prazer de trazer algo ainda mais delicioso.

Mesmo após o funcionário do guichê sair, não apareceu mais ninguém por um bom tempo.

O Sr. Won Dong-ung estava vasculhando as estantes altas que se estendiam até o teto. Mesmo com a longa vara com gancho que usava diariamente, ele ainda precisou tirar uma escada empoeirada para poder alcançar as prateleiras. Ele resmungava enquanto abria uma a uma as gavetas de um grande armário de ervas medicinais, que havia encontrado em uma clínica que estava para fechar.

— Por que esse maldito armário tem tantas gavetas? E nem cabe muita coisa em cada uma delas. Ah, que raiva!

Dentro das gavetas estavam produtos dos quais ele nem se lembrava. Pacotes e mais pacotes de coisas antigas, como bolachas com prazo de validade vencido há dezoito anos, uma caixa de isqueiros enferrujados que não acendiam mais, e quarenta e nove cupons de um restaurante chinês – que, infelizmente, já havia fechado –, apareciam de todos os cantos das gavetas.

Ele estava procurando por uma caixa de lembrancinhas que comprou há muito tempo. Queria iniciar um projeto para atrair mais clientes, pois nos últimos dias, o movimento na loja havia diminuído. Felizmente, alguns clientes fiéis ainda o visitavam, mas ele passava muito tempo sozinho na conveniência, acompanhado apenas pelos flocos de penugem.

O cliente jornalista informou que havia surgido o rumor de que o lugar era frequentado por andarilhos, e que até saiu uma matéria sobre isso.

— Vou escrever uma notícia refutando essa informação, dizendo que é uma loja livre de andarilhos, o que acha?

— Que besteira, deixe para lá!

E o cliente de terno sugeriu renovar os produtos da loja:

— Ouvi dizer que no seu país tem uma marca incrível que produz dezenas de variedades de amendoins. Uau, só de pensar já fico maravilhado. Se trouxer para cá…

— Isso é porque você é fã de amendoim!

O cliente enrolado que vinha regularmente à loja não apareceu mais depois disso. O Sr. Won Dong-ung foi até o quintal de trás várias vezes durante o dia, mas só encontrou sacos de batatas vazios. Ele esperava que o cliente enrolado não perdesse um dos poucos lugares onde pudesse ficar. Afinal, ele sabia o que era ser rejeitado e expulso de outros lugares.

O Sr. Won Dong-ung se lembrava do olhar das pessoas quando ele era criança. O olhar questionador que perguntava por que ele estava ali, de desaprovação, como se quisessem que ele fosse embora. No fim, sua mãe o levou e eles seguiram uma vida errante. E depois disso...

Sentado em uma escada, o Sr. Won Dong-ung viu as sementes de salgueiro flutuando diante de seus olhos. Ele havia plantado aquela árvore. Passou a vida inteira na conveniência ao lado dessa árvore. Mas, ainda assim, quando as suas sementes flutuavam, ele se sentia como se não tivesse um lar de verdade. Continuava tingindo o cabelo e usando chapéu. Raramente saía de sua loja. Assim como o cliente enrolado que se envolvia em panos, talvez o Sr. Won Dong-ung também estivesse, de alguma forma, envolvendo sua existência em um tecido chamado "conveniência", para se esconder do mundo.

Por isso, ele não se preocupava em corrigir os rumores de que andarilhos frequentavam a loja. Ele nem sequer divulgou a loja como um "local livre de andarilhos". Mas, como o cliente de terno havia sugerido, talvez fosse uma boa ideia diversificar os produtos enquanto não houvesse muitos clientes por ali – claro, ele não tinha intenção de trazer os amendoins, que seriam comprados apenas pelo cliente de terno.

Depois de alguns dias pensativo, o Sr. Won Dong-ung teve uma brilhante ideia: trazer lembrancinhas típicas da Coreia para turistas. Ele abriu uma garrafa de refrigerante e fez um brinde para ele mesmo sentado no estrado. Quanto mais pensava, mais parecia que seria um produto de sucesso estrondoso. Um local frequentado por tantos turistas não ter *souvenirs*? Não fazia sentido! Ele até ficou irritado por não ter pensado nisso antes. As lembrancinhas coreanas, com toda a certeza, pareceriam exóticas e interessantes para turistas de outras galáxias. Quem sabe isso não poderia levá-lo ao sucesso que tanto havia desejado?

Engoliu o refrigerante de uma só vez e decidiu procurar os *souvenirs* que, com certeza, estariam em algum lugar da loja, talvez entre os que ele havia comprado no passado. Antes que o ardor da carbonatação fosse totalmente engolido, ele pegou uma escada e começou a revirar as coisas.

Ele retirou cerca de quarenta gavetas de ervas medicinais e ainda assim não encontrou os *souvenirs*. Por fim, os encontrou com dificuldade entre as pilhas de caixas empilhadas em cima das gavetas. Com cuidado, retirou a fita adesiva velha e desgastada e abriu a caixa. Dentro, estavam pequenos enfeites antigos, miniaturas de noivos, ímãs de geladeira com o desenho da bandeira da Coreia e a flor nacional. Ele os acariciou. Eram lembrancinhas que sua mãe havia comprado no centro da cidade, de mãos dadas com ele, nos primeiros dias da conveniência.

Sua mãe sempre o levava consigo em todos os assuntos da loja. O jovem Dong-ung aprendeu a comprar mercadorias, fazer as contas e lidar com os clientes. Exceto quando ia à escola, ele passava o tempo todo na loja. Esses *souvenirs* também foram fruto de sua insistência. Ele queria vendê-los após ver os amigos na escola exibindo-os depois de voltarem das viagens. Mesmo sem turistas na área, sua mãe não hesitou em comprar os produtos. Com exceção de alguns poucos *souvenirs* que o jovem Dong-ung havia guardado, nenhum deles havia sido vendido desde então.

O Sr. Won Dong-ung decidiu colocar novamente esses itens à venda: as estátuas nacionais, os ímãs com a flor de hibisco e os pequenos bonecos de noivos, que um dia poderiam viajar pela 38ª galáxia e trazer sucesso e prosperidade para o Sr. Won Dong-ung.

Com a caixa de *souvenirs* debaixo do braço, o Sr. Won Dong-ung desceu com cuidado as escadas. Ele retirou a tampa de vidro de uma vitrine cheia de doces de baixa qualidade e colocou os souvenires cuidadosamente expostos. Também colocou etiquetas com os preços.

Enquanto organizava os itens, percebeu uma presença vinda de fora.

— Pode entrar.

Mas, do lado de fora, estava tudo silencioso. Nem se ouviu o som da porta se abrindo. Ele fechou a vitrine e olhou novamente para a porta. De repente, a porta se abriu violentamente com um estrondo, e três pessoas com capacetes e roupas pretas entraram na loja, empurrando-o para o lado. Eles começaram a vasculhar a loja.

— Socorro! Estou sendo assaltado!

O Sr. Won Dong-ung gritou em pânico, mas ninguém se preocupou. Um deles, ao virar bruscamente, derrubou a vitrine de lembrancinhas. A tampa de vidro quebrou, e os ímãs de geladeira com flores de hibisco se espalharam pelo chão. O Sr. Won Dong-ung correu até os pedaços quebrados.

— Não! Eu acabei de arrumar isso! Meu dinheiro! Minha aposentadoria!

Segurando o ímã de hibisco quebrado ao meio, começou a gritar desesperadamente. Talvez tenha sido pelo seu grito, mas, de repente, eles pararam de se mover. Então, olharam um para o outro.

— Tudo limpo?

— Tudo limpo.

Eles acenaram com a cabeça um para o outro e, simultaneamente, tiraram os capacetes. Eles retiraram um distintivo de dentro de suas roupas e o mostraram.

— Não se preocupe. Somos da Polícia Intergaláctica Federal da 38ª galáxia.

— Tudo limpo. Tudo seguro. Fique tranquilo.

— Oh, o senhor deve ter ficado assustado com os criminosos terríveis. Não precisa mais tremer, estamos aqui.

De fato, o Sr. Won Dong-ung estava tremendo, mas tremendo de raiva. Irritado, ele gritou:

— O quê? Polícia? Vocês são da polícia? Vou fazer uma reclamação contra vocês!

— Reclamação? Como assim? Ah, o senhor quis dizer "elogio"?

— Agradecemos, mas não há necessidade. Só fizemos o nosso trabalho.

Os três policiais da Polícia Intergaláctica sorriram timidamente, coçando as cabeças. O Sr. Won Dong-ung, apontando para a loja bagunçada, gritou furioso:

— Vejam o que vocês fizeram!

— Recebemos uma denúncia de que havia um "DP" escondido aqui. Por pouco não aconteceu uma grande tragédia.

— O quê?

— Ah, o senhor não deve saber, já que é da 44ª galáxia. DP significa "andarilho". Sabe o que é um andarilho pelo menos, não é? A palavra "andarilho" é um termo pejorativo, então não é usado oficialmente — disse o policial mais alto, sorrindo de forma amigável.

— Andarilho ou não, quem mandou vocês revirarem a minha loja?

O policial balançou a cabeça e sorriu novamente. Ele bateu suavemente nas costas do Sr. Won Dong-ung.

— Eu sei que o senhor ficou assustado, mas vamos acalmar, ok?

O policial com barba acenou com a cabeça. A policial de pele roxa e cabelo cacheado folheava pacotes de discos enquanto falava de forma entusiasmada:

— Antes de chegar aqui, eu conferi os registros biométricos e, de fato, um andarilho... quero dizer, um DP, invadiu essa loja várias vezes!

— Nossa novata está fazendo um ótimo trabalho. Vamos tomar uma depois.

— Vocês estão falando do cliente enrolado? Ele não invadiu, é um dos meus clientes!

— Um andarilho, quer dizer, um DP?

Eles olharam surpresos. O Sr. Won Dong-ung respondeu:

— Ele sempre me ajuda ou fica quietinho no canto dele!

— Isso não é possível — o policial mais alto falou com firmeza.

— Ele vinha sempre aqui e ficava quieto? Então deve estar envolvido com entregas ilegais. Novato, verifique isso.

A policial de cabelo cacheado assentiu e, de novo, começou a revirar a loja, bagunçando tudo. O Sr. Won Dong-ung gritou:

— Por favor, parem! O que é essa entrega ilegal?

— É o tipo de crime que os andarilhos mais cometem usando o R-Pass. Como eles podem viajar livremente entre as galáxias, aproveitam para transportar mercadorias ilegais.

Enquanto os preciosos produtos do Sr. Won Dong-ung se quebravam, o policial mais alto explicou gentilmente. Os olhos do Sr. Won Dong-ung até se encheram de lágrimas. A voz surgiu da parte de trás da loja:

— Não há nenhuma evidência aqui!

— Hum, parece que ele é bem cauteloso.

— Mas tem uma porta dos fundos aqui!

A porta se abriu no fundo da loja. O policial mais alto fez um sinal com a mão, e o policial com a barba correu em direção à porta.

— Hã? Tem um andarilho… quer dizer, um DP! Tem um DP aqui!

— Prendam-no!

Ouviu-se um alvoroço no quintal de trás. O policial mais alto correu para fora da porta, e o Sr. Won Dong-ung seguiu correndo atrás dele. Os produtos caídos no chão dificultavam seus passos e ele se preocupava em não pisar neles, o que o fazia demorar para sair.

Quando o Sr. Won Dong-ung finalmente chegou ao quintal, os policiais já haviam imobilizado o cliente enrolado. Os objetos pessoais dele estavam espalhados por toda parte. O cliente enrolado estava caído no chão, impossibilitado de falar, preso por cordas brilhantes. O Sr. Won Dong-ung ficou parado na porta, olhando-os sem dizer nada.

A policial de cabelo cacheado, que estava examinando os objetos caídos, pegou algo:

— Eu encontrei! É algo suspeito!

— Não fique balançando de forma tão desajeitada, me dê isso aqui.

O pacote, do tamanho de um punho, estava envolto em papel marrom. O policial mais alto retirou uma pinça e pegou o pacote. Colocando-o cuidadosamente sobre um saco de batata vazio no chão, ele abriu o pacote com a pinça.

— O que é isso?

O policial com a barba se aproximou para olhar mais de perto o conteúdo. Ele falou em voz baixa:

— Parece ser uma flor de traxicum.

— O que é isso? Uma nova droga?

O policial com a barba retirou um pó estranho de dentro de sua roupa e espalhou sobre o conteúdo do pacote. Os três policiais observavam atentamente. O policial com a barba murmurou:

— Não, não é uma droga.

— E o que é isso? Uma mensagem?

O policial mais alto pegou um disco dentro do pacote com a pinça. Ele olhou as palavras escritas nele, passou a mão pelo rosto e fez um sinal para o policial com a barba. O policial com a barba, por sua vez, fez um sinal para a policial de cabelo cacheado, que se aproximou do cliente enrolado e começou a soltar as cordas.

— O que foi isso?

O Sr. Won Dong-ung se aproximou do cliente enrolado para ajudá-lo a se levantar, e, com um tom brusco, perguntou aos policiais. O policial mais alto entregou o disco para o Sr. Won Dong-ung. Estava escrito em uma língua que ele não conseguia entender.

— O que diz aqui?

Sem responder à pergunta do Sr. Won Dong-ung, o policial com barba aproximou-se do cliente que estava amarrado e colocou um aparelho em sua direção. Após o apito de um som agudo, o policial murmurou:

— Não há antecedentes criminais.

— Perguntei o que está escrito aqui! — gritou o Sr. Won Dong-ung.

— O senhor está atrapalhando o cumprimento de nossos deveres públicos!

— Minha loja está toda destruída, e eu nem tenho o direito de fazer uma pergunta?

O Sr. Won Dong-ung se exaltou, agitando o disco, e o policial alto respondeu, irritado:

— Está escrito que o pacote é um presente para o senhor! Uma forma de agradecimento!

— O quê? Um presente para mim?

— E você aí!

Ignorando o Sr. Won Dong-ung, que estava furioso, o policial alto se aproximou do cliente enrolado.

— Não cause mais problemas. Chega de confusão.

Ele falou de forma autoritária com o cliente, acenando para os outros policiais e saíram do quintal.

O Sr. Won Dong-ung arrumou as roupas do cliente enrolado. Quando sua mão tocou o ombro dele, o outro se encolheu e soltou um gemido. Ouviram som de passos e o policial alto voltou, sussurrando para o Sr. Won Dong-ung:

— Senhor, escolha bem os seus clientes para não se arrepender depois. Um dia isso vai dar problema.

O policial alto se virou e saiu correndo.

O Sr. Won Dong-ung viu o sangue transbordando das roupas do cliente enrolado e correu para buscar um kit de primeiros socorros atrás do balcão. O cliente, que havia se recusado a receber o tratamento, pressionou uma toalha sobre as roupas manchadas de sangue. Com uma das mãos, ele tirou o dispositivo de dentro de sua roupa e rapidamente escreveu algo:

"Desculpe... vou arrumar a loja."

A tela estava ligeiramente rachada.

— Ah, deixe disso. Já estava uma bagunça antes. Mas espere, eu entendi direito? Você acabou de ser tratado como um criminoso só por ser andarilho?

O cliente enrolado abaixou o dispositivo e ficou sentado em silêncio.

— Quem eles pensam que são? A polícia da galáxia de vocês acha que pode revirar o comércio dos outros à vontade? Quem foi o responsável por fazer essa denúncia? Será que foi o cara da passagem? — o Sr. Won Dong-ung resmungou enquanto observava a confusão através da porta. — Aliás, o tal do "objeto suspeito" é um presente para mim? Que coisa.

Ele abriu o pacote que estava em cima do saco de batatas vazio. Dentro, havia uma flor seca, parecida com um algodão, meio quebrada devido aos toques brutos dos policiais.

— Que droga nova, o quê? É só uma flor, não é?

O cliente enrolado acenou com a cabeça. Ele escreveu algo na tela: "A flor da minha terra natal. Ainda tem algumas..."

O Sr. Won Dong-ung, encarando a porta pela qual os policiais haviam saído, falou novamente:

— Entrega ilegal? Você não tem cara de quem faria algo assim!

Quando o cliente enrolado ouviu isso, ele parou de escrever por um momento e abaixou a cabeça em silêncio. O Sr. Won Dong-ung observou-o atentamente, com os olhos semicerrados.

— Você... faz entrega ilegal.

O Sr. Won Dong-ung colocou a flor, que parecia uma semente de salgueiro ao mesmo tempo que parecia um dente-de-leão, de volta no pacote e, ao fazê-lo, percebeu que a toalha do cliente, que estava pressionada contra o corpo dele, ficou azul.

— Eu também não sou uma pessoa comum, mas as pessoas da sua galáxia são realmente estranhas. Agora, tire esse casaco, está sangrando muito. Isso é sangue, não é?

O Sr. Won Dong-ung abriu o kit de primeiros socorros novamente. Quando ele começou a soltar o tecido, o cliente enrolado virou o corpo e se afastou. O Sr. Won Dong-ung gritou:

— Pare com isso e tire o tecido agora! Maldito tecido! Você fica enrolado nesse pano parecendo suspeito, por isso esse tipo de coisa acontece! O cliente da passagem, os policiais, todo mundo percebe! Se vestisse como todo mundo, ninguém saberia se você é um andarilho, ou um DP, tanto faz!

O cliente enrolado balançou a cabeça, mas o Sr. Won Dong-ung continuou a resmungar:

— E por que fazer entregas ilegais? Já tem tanta gente odiando vocês... Você tem que viver sem chamar atenção, com cuidado!

O cliente não respondeu e apertou ainda mais o tecido ao redor de seu corpo. A toalha se moveu, e ele soltou um gemido de dor. Quando o Sr. Won Dong-ung viu isso, virou a cabeça.

— Você quer ficar se enrolando e morrer assim? Se morrer, eu faço o embalsamamento com esse tecido mesmo!

Era uma tarde silenciosa, sem nenhum cliente. Ao longe, podia-se ouvir o som das naves espaciais circulando no terminal. O Sr. Won Dong-ung, ao imaginar os andarilhos perdidos entre as naves, pensou neles vagando sem descanso, buscando desesperadamente por um pedaço de terra em um planeta submerso, como se nunca fosse encontrar um lugar para descansar.

— Você sabe qual é o meu desejo? — após um momento de silêncio, o Sr. Won Dong-ung perguntou calmamente.

O cliente enrolado virou a cabeça em direção a ele. Olhando para o capacete que escondia o rosto do ser estrangeiro, o Sr. Won Dong-ung retirou seu chapéu, que carregava sempre consigo. Os seus cabelos, que ficavam sempre escondidos sob o chapéu, ficaram à mostra. Eram estranhamente negros para a sua idade. No entanto, o que chamava ainda mais atenção eram os fios avermelhados levemente esbranquiçados surgindo desde a raiz de seu cabelo.

— Envelhecer o mais rápido possível. Quero envelhecer logo para que esses cabelos ruivos se tornem brancos.

O Sr. Won Dong-ung abaixou a cabeça. Alguns flocos de penugem flutuaram no ar antes de se acomodarem sobre sua cabeça vermelha.

— Você perguntou por que comecei a minha vida de andarilho, não foi? A culpa é desse cabelo. Eu não parecia um coreano. Todas as pessoas do nosso país têm cabelos escuros. Ou, no máximo, castanhos.

O Sr. Won Dong-ung puxou o próprio cabelo.

— Meus avós, parentes, vizinhos e amigos, nenhum deles me via como coreano, nem mesmo como alguém de outro país. Eles não se importavam em saber quem eu era, o que pensava ou… que sentimentos eu tinha. Para eles, eu era um alienígena vindo de outro planeta.

A mãe dele chamava o tingimento de cabelo de "brincadeira".

Era algo que faziam mensalmente. Quando a família, os vizinhos ou amigos olhavam para o pequeno Dong-ung e viravam a cabeça, a sua mãe, sem conseguir suportar, o levava até a torneira no quintal dos fundos. Ela misturava a tintura com pincel e pente enquanto falava com uma voz alegre de propósito: "Isso é uma brincadeira, é para se esconder bem. Todo mundo vai tentar te procurar e quem se esconder melhor ganha."

Mas, na maioria das vezes, ela não conseguia tingir o cabelo do filho. O pequeno Dong-ung odiava o cheiro forte de amônia da tintura e chorava sem parar. Sua mãe ficava ao lado, quieta, esperando até ele se acalmar. Mas, no fim, acabava guardando os produtos.

— Eu não sabia que eu era diferente, então simplesmente não entendia... eu não me importava com o meu cabelo. Até que, um dia, meus amigos atearam fogo nele...

O cliente enrolado escutava em silêncio. O Sr. Won Dong-ung levantou um pouco a franja. Uma cicatriz apareceu ao longo de sua testa. Era uma velha ferida que parecia ter sido distorcida conforme ele se tornava adulto. Ele passou a mão na cicatriz com um sorriso amargo.

As crianças achavam seu cabelo ruivo tão curioso quanto seus grandes olhos e traços faciais bem definidos. Um dia, alguns meninos, que acharam uma caixa de fósforos no beco, acenderam fogo no cabelo de Dong-ung. Não era para machucá-lo ou por maldade, mas para eles, o cabelo ruivo não era um cabelo. Era algo estranho. E, assim como o cabelo, Dong-ung era uma pessoa estranha para eles.

Quando o pequeno Dong-ung voltou com o cabelo queimado, sua mãe não estava em casa. Os empregados fingiram que não o viam, pois temiam mais o avô de Dong-ung do que a própria compaixão.

— Na minha casa, havia graxa para sapatos — disse o Sr. Won Dong-ung, calmamente.

O pequeno Dong-ung não conseguiu encontrar a tintura de papoula que sua mãe costumava trazer. Em vez disso, encontrou a graxa para sapatos. Qualquer coisa que fosse preta seria suficiente. Ele cobriu o cabelo e o rosto com a tinta. Sentado no quintal, esfregou a graxa para sapatos sem parar, vendo a água preta escorrer pelos azulejos da torneira até o ralo.

Seus olhos ardiam e ele piscava repetidamente, sem saber se a água nos seus olhos era graxa para sapatos, água ou lágrimas. Nesse momento, sua mãe entrou correndo no quintal e o abraçou. A blusa branca e elegante de sua mãe ficou toda manchada de tinta preta. Eles ficaram ali, abraçados, até que Dong-ung parasse de chorar e até que as lágrimas de sua mãe molhassem completamente as suas costas.

E então, eles deixaram a casa em busca de um bairro novo, onde ninguém soubesse do cabelo ruivo de Dong-ung, onde não se importassem com seus traços faciais diferentes, onde fossem aceitos.

— Até hoje, eu ainda pinto meu cabelo todo dia cinco, esperando que ele fique branco logo. Então...

O Sr. Won Dong-ung retirou a toalha suja e deu-lhe uma toalha seca.

— Eu penso assim: viver de forma simples é o melhor. Não se destaque. Copie o que as pessoas ao seu redor fazem, seu jeito de falar e de viver. Essa é a única forma de sobreviver.

O cliente enrolado, que estava quieto até então, lentamente retirou a toalha seca. Pegou o dispositivo e começou a escrever algo:

“Obrigado por me contar. Mas...”

Ele colocou a toalha de lado e retirou o capacete. Quando tirou o tecido ao redor do pescoço, o rosto que estava escondido – e que nunca havia se mostrado mesmo depois de várias tentativas oferecendo bebidas – apareceu. Seus olhos eram castanhos com sobrancelhas escuras. O cabelo curto e castanho cobria a testa. Sua pele parecia de alguém da Terra, embora um pouco pálida.

Mas o que mais chamou a atenção do Sr. Won Dong-ung não foi o rosto dele, mas as tatuagens geométricas de cor azul que cobriam seu rosto, pescoço e, talvez, até mesmo a área sob o tecido.

O cliente enrolado tirou o tecido de sua mão e a mostrou. Havia tatuagens por toda as suas mãos também.

"São dados. Se eu me aproximar de um scanner, todas as minhas informações são registradas."

— Quem faria uma coisa dessas...?

"Depois que o meu planeta foi destruído, a União Intergaláctica passou a distribuir os R-Passes. Mas..."

A União Intergaláctica, que estava com dificuldades para lidar com os andarilhos, decidiu marcar os seus corpos com tatuagens de dados em troca do R-pass. Assim, ninguém poderia se estabelecer em um lugar por muito tempo ou ocupar um espaço que pertencia a outros. A localização deles era constantemente monitorada. Não podiam ficar mais de quinze dias em nenhum lugar. Para escapar da catástrofe que devastou seu planeta, eles aceitaram essas condições. Uma vida errante, marcada por uma tatuagem que não podia ser removida.

O Sr. Won Dong-ung o observou, sem saber o que dizer.

"Quem contrataria alguém assim? Pessoas com tatuagens estranhas, que precisam sair antes que possam se acostumar com o trabalho. O que nós poderíamos fazer?"

O cliente enrolado abaixou a cabeça.

Sem dizer nada, o Sr. Won Dong-ung limpou as feridas em seu rosto e aplicou uma pomada. Entre as tatuagens de tom azulado, o medicamento vermelho e a pomada branca se misturavam. Quando o Sr. Won Dong-ung terminou de cuidar de suas feridas, o cliente logo colocou o capacete e enrolou o tecido em seu pescoço e mãos.

— Então, para que servem esses tecidos? É para esconder os dados?

"As tatuagens de dados não podem ser escondidas com tecidos."

Após escrever essa mensagem, o cliente enrolado começou a escrever algo lentamente no dispositivo. Ao contrário das expressões abreviadas que usava antes, para encurtar o tempo de espera, ele escrevia bem devagar. O Sr. Won Dong-ung esperou em silêncio. Todos querem ser escutados sem serem interrompidos.

"Depois de receber o R-Pass, nem todos foram hostis comigo. Algumas pessoas até me ofereceram um lugar para ficar. Outras me deram tecidos para cobrir o corpo."

Os olhos do Sr. Won Dong-ung se fixaram nas marcas de costura nos tecidos, que não combinavam entre si.

"Quando uso isso, sinto que tenho um lar. Um lugar para onde posso voltar. É como se eu morasse aqui, nessas vestes."

— Para mim, a conveniência é um lugar assim.

"Imaginei. É por isso que vinha com frequência."

O cliente enrolado olhou em silêncio para a loja, que estava em um estado de caos. Ele se levantou lentamente, se desequilibrando um pouco.

"Agradeço por tudo até agora. E me desculpe."

O Sr. Won Dong-ung não respondeu enquanto o cliente saía da loja. Ele sabia que aquele cliente não voltaria mais. Como um floco de penugem, ele partiria, levando sua vida de constante movimento.

Abaixou a cabeça. Ele notou o velho chapéu em suas mãos. Era o objeto que o ajudara a se esconder durante todas essas décadas, junto com a tinta de cabelo. Sentiu uma leve impulsividade e jogou o chapéu para cima, na prateleira alta da loja. O chapéu voou como uma cena de filme, pousando na prateleira empoeirada onde não se podia alcançar sem a vara com gancho.

Ele ficou olhando para o chapéu por um bom tempo. Não sabia o que estava sentindo. Pensando no cliente que partiu como se estivesse sendo expulso e nas tatuagens que cobriam seu corpo, ele sentiu vontade de jogar o objeto para longe.

Lentamente, ele focou no pacote que o cliente enrolado havia dado e que estava em seu bolso. O chão estava cheio de *souvenirs* quebrados. Ele murmurou:

— Ah... quando vou terminar de limpar isso? Será que eu devia ter pedido para ele partir depois de me ajudar a arrumar?

Sementes de salgueiro caíam suavemente sobre os *souvenirs* quebrados.

EP 4.

O que permanece no lugar vazio

O novo balcão de lembrancinhas, que o Sr. Won Dong-ung havia preparado com grande entusiasmo estava sendo ignorado sem despertar o interesse de ninguém.

Era por isso que sua filha, Jinny, estava ali. Ela estava sentada no estrado em frente à conveniência, com uma expressão aborrecida. Ao contrário dela, que estava vestindo calças sociais pretas e uma camisa azul clara, o Sr. Won Dong-ung estava com uma roupa esquisita. Ele usava um pano manchado no pescoço, com um tradutor fixado perto da orelha e uma roupa de trilha que se alinhava à sua própria estética. Ele verificou se a garrafa de grande estava bem fechada antes de colocá-la na mochila.

— Fique de olho na loja! — ele gritou para ela, então, espiou alguns clientes lá dentro e sussurrou para

Jinny. — Fique atenta às moedas. Sempre tem gente que coloca algumas falsas no meio.

Apesar do olhar de insatisfação da Jinny, ele continuou:

— Ah, não. Deixe para lá. Dinheiro pequeno assim não faz mais diferença.

O Sr. Won Dong-ung balançou a passagem, que tinha uma forma redonda. Jinny disse, abruptamente:

— Por que você só não foca na loja, hein?

— Dessa vez é sério. Lembra daquele cliente jornalista? Ele me passou uma informação valiosa... sobre um asteroide com planos de desenvolvimento...

— Quantas vezes eu preciso te falar? Se essa informação chegou a você, quer dizer que todo mundo já sabe. Se for de uma outra galáxia, pior ainda. Você está insistindo em encher os bolsos alheios.

O Sr. Won Dong-ung virou-se para trás e começou a ajustar o cadarço do sapato. Jinny resmungou novamente:

— Se fosse algo importante, nem reclamaria. Agora, me fazer cuidar da loja para você ir até esse asteroide investir? Você sempre perdeu dinheiro com esses investimentos. Sua obsessão pelo dinheiro está acabando com as minhas férias! Argh, minhas férias!

— Ah, esse cadarço não quer me obedecer...

— Você não disse que a loja estava dando certo? Por que tem que continuar insistindo nesses sonhos impossíveis?

— Espere um pouco, esse nó aqui...

— Eu já te disse para abandonar esses sonhos vagos.

— É por sua causa! É por sua causa que faço isso! — Ainda de costas para Jinny, o Sr. Won Dong-ung gritou enquanto tentava arrumar o cadarço. — Eu só quero que você não passe fome! Até quando você acha que consigo manter essa loja? Quando eu tinha a sua idade, mal comia direito!

— Eu como três refeições balanceadas por dia, tudo calculado por um nutricionista, sabia?

— Você virou professora só para comer a merenda escolar, foi?

Jinny bateu o pé e se levantou do estrado, furiosa. Alguns clientes que estavam observando com nervosismo começaram a sair da loja. O Sr. Won Dong-ung deu uma olhada de lado para Jinny. Olhando para as costas do pai, falou:

— É tudo culpa sua! Você acha que virei professora porque quis? Se não fosse tão distraído com seus investimentos, eu nem teria virado funcionária pública!

O Sr. Won Dong-ung estremeceu os ombros e baixou a cabeça novamente. Ele puxou os cadarços e murmurou:

— Você deveria se preocupar mais em pintar melhor o cabelo, já está todo manchado.

— Ah! Pare de se preocupar com isso! Hoje em dia, se você discrimina famílias multiculturais, é criticado, pai!

— Humph. Vai, tenta contar para esses alunos que você é mestiça. Vai ser expulsa da escola na hora.

— Pai, pare de usar essa palavra! Você me deixa tão frustrada!

Irritada, ela mexeu o cabelo ruivo. O Sr. Won Dong-ung levantou-se e apontou o dedo.

— Você está perdendo a paciência na frente de seu pai, é isso? Vou raspar esse seu cabelo!

— É? Eu estava justamente pensando em cortá-lo para não ter que escutar as suas reclamações. Moço, me vê um barbeador aqui.

— Você acabou de me chamar de moço?

A discussão entre eles estava tão alta que ecoava até o outro lado do terminal. De repente, uma voz estranha interrompeu a briga:

— Uau! Então é essa a cultura de duelo dos primatas? Impressionante, muito impressionante!

A fala foi seguida por um flash de câmera. Tanto o Sr. Won Dong-ung quanto a Jinny franziram o rosto com a luz repentina.

— O quê? Primatas?

Quase sem conseguir abrir os olhos, o Sr. Won Dong-ung perguntou, e a pessoa com a voz estranha, leve e descomplicada, bateu palmas alegremente.

— Ah, você sabe falar! Isso é realmente impressionante! Você sabe usar o tradutor? Ou foi o seu dono que o colocou em você?

— Que merda você está falando?

Enquanto o Sr. Won Dong-ung gritava de raiva, Jinny piscou, sem entender o que estava acontecendo. Com o brilho do flash ainda piscando diante de seus olhos, ela viu uma pessoa com um chapéu de aba larga, escrevendo algo em um caderno ao lado deles. Sob o chapéu, uma pele roxa com brilho azulado surgiu brevemente, seguida por olhos brilhando com entusiasmo que logo encontraram os de Jinny. Ela esfregou os olhos e suspirou, dizendo:

— Quem é esse cara? O que ele está dizendo para você ficar tão bravo? Me dê um tradutor também.

— A voz dos primatas desse planeta é uma experiência única! Espere um momento, vou preparar o gravador.

— Quem é esse maluco?

A pessoa com o chapéu de aba larga continuou a falar em seu idioma alienígena enquanto o Sr. Won Dong-ung, enlouquecido, parecia não ter intenção de entregar o tradutor. Jinny suspirou mais uma vez.

O nome desse maluco – segundo a expressão do Sr. Won Dong-ung – era Dein. E ele era de um dos planetas principais da 38ª galáxia, um planeta conhecido como XO-5b, ou Macrófulos. E agora, Dein estava dentro da loja, apontando para as coisas e fazendo uma grande algazarra.

— O que é isso? E aquilo? Esse objeto com aparência primitiva é uma ferramenta de caça?

— Isso é pão, aquilo é água, e esse objeto com aparência primitiva… é meu mata-moscas!

— Mata-moscas, o que é isso?

— Um mata-moscas serve para matar moscas, onde mais você usaria?

— Moscas? O que são moscas?

— É um bicho chato, igual a você!

— Oh, então eu chutei certo! É uma ferramenta de caça mesmo! Parece que a palavra "caça" é algo muito avançado para um ser pouco desenvolvido como você. As moscas são seu alimento principal?

— Se não for comprar nada, saia!

Enquanto o Sr. Won Dong-ung gritava segurando a nuca, Jinny batia nervosamente no balcão. O tradutor de reserva estava carregando. Como estava sem, não sabia o que estava acontecendo, mas achava muito divertido ver seu pai ficando tão irritado. Ela mal podia esperar para carregar o tradutor e se juntar à conversa.

O Sr. Won Dong-ung, furioso, pegou um punhado de sal grosso do saco e começou a jogar sobre Dein. Este, por sua vez, estava tão feliz que não sabia o que fazer.

— Eu estou vivendo um ritual de saudação primitiva, que incrível! Ah, eu preciso registrar esse momento!

— Vá embora! — o Sr. Won Dong-ung gritou, jogando sal no meio de cada palavra.

Dein, ainda mais excitado, começou a falar cada vez mais rápido:

— O que isso significa? Será que é uma cultura que valoriza o vazamento? Isso é fascinante, parece com os nativos do planeta Veles!

— Quem é você e o que você está dizendo? Está falando nada com nada!

Enquanto isso, Jinny escutou um bipe, sinalizando o fim do carregamento. Ela colocou o tradutor e o ligou. Finalmente, começou a compreender as palavras de Dein:

— Ah, acho que você não entendeu o que eu disse antes. Vou repetir com calma. Eu sou Dein, de Macrófulos, o mais renomado antropólogo de dados do nosso planeta.

— Antropólogo de dados? — perguntou Jinny enquanto ajustava a posição do tradutor.

— Oh, você sabe usar o tradutor sozinha! Você é mais civilizada do que eu pensava. Vamos ver se sabe apertar as mãos também. Espero que não me morda. Haha.

Dein estendeu a mão para Jinny com um sorriso satisfeito. Sem saber o que fazer, ela apertou sua mão. Dein se surpreendeu:

— Oh, interação com um ser primitivo!

— Pai, os habitantes dessa galáxia falam assim normalmente? Todos os clientes são assim? — Sem poder mexer a mão, Jinny perguntou ao Sr. Won Dong-ung com um olhar nervoso.

Ele apenas balançou a cabeça e disse:

— Eu vou embora. Cuide bem da loja. Vou te pagar o suficiente depois, então não se preocupe.

— Não, espere um pouco! Eu acho que não consigo! — Jinny puxou a mão e sussurrou para o Sr. Won Dong-ung.

Ele, por sua vez, olhou para o relógio e exclamou dramaticamente:

— Oh, não! Vou perder o meu voo! Jinny, eu conto com você.

O Sr. Won Dong-ung pegou sua mochila e saiu da loja. Jinny o observou, sem reação. Ela sentiu um olhar brilhante vindo de algum lugar ao seu lado. Ignorando, caminhou lentamente até o balcão. Podia ouvir os passos de Dein atrás dela. *Está tudo bem, eu até passei pelo turbilhão do quarto ano*, Jinny pensou, respirando profundamente antes de perguntar, com uma voz gentil:

— O que o senhor está procurando, que não para de falar sobre coisas que não tem relação com a loja?

— Será que posso trabalhar aqui? Por favor, pergunte ao proprietário. Quero observar as pessoas. Pode ser só por alguns dias.

Jinny, que esperava algo parecido com "Só vou dar uma olhada" ou "Posso trocar esse pão que comprei semana passada?" ou "Vocês aceitam escambo?", ficou atordoada. Ela colocou a mão na têmpora, pensando como foi que o primeiro cliente da loja poderia ser tão peculiar. Ao lembrar de seu pai, que tinha saído apressado, sentiu que este poderia ser apenas o começo. Uma sensação de desgosto a tomou, pois pressentia que os futuros clientes da 38ª galáxia seriam todos daquele jeito. Já estava quase chorando quando ouviu o pedido sincero de Dein. Mas segurou o choro e disse:

— Por favor, me deixe trabalhar!

O que fazer para afastar os clientes excêntricos? Coloque alguém ainda mais excêntrico para atendê-los. *Tinha um antigo ditado que falava sobre isso, como era mesmo?* pensou Jinny.

Dein disse que queria experienciar o ser humano. Ou melhor, ele queria testar suas hipóteses sobre a humanidade, que formulou depois de revisar muitos dados, aplicando-os à realidade para confirmá-los.

— Pode ser uma perda de tempo, pois já sei que estou certo. Mas... – Dein olhou para os preços nos itens da loja e continuou: — A maioria das pessoas não entende nada apenas com teoria. Eles até criaram o termo "antropólogo de poltrona de abacate", o que é um grande insulto.

— Abacate... o quê? — Jinny perguntou, e Dein fechou os olhos, balançando a cabeça.

— É uma imagem combinada de um quarto de abacate cortado e uma poltrona, criada por uma inteligência artificial primitiva. Para a IA, essas duas coisas pareciam semelhantes. "Antropólogos de poltrona de abacate" são aqueles que estudam conceitos sem conexão, apenas com base em dados. Ou seja, são os acadêmicos que não compreendem a realidade. No entanto, isso é um reflexo do medo da evolução da tecnologia de processamento de dados. Eu acho que, com os dados, podemos entender o mundo. É por isso que eu...

Dein olhou para um detergente na prateleira e, ao ver o preço marcado com uma caneta permanente, soltou um suspiro.

— Preciso usar o meu precioso tempo em um lugar que adota um sistema de preços tão primitivo como esse. Estou estudando o alcance da humanidade. Claro, já publiquei um artigo definindo claramente esse alcance, mas foi rejeitado pela academia por falta de pesquisa de campo. Mesmo que a lógica humana seja óbvia, os acadêmicos ainda precisam de provas práticas.

Foi por isso que ele veio até este terminal, onde várias pessoas de diferentes planetas passavam. No começo, ele não conseguia deixar de acreditar que a loja pertencia a outra pessoa, e que o Sr. Won Dong-ung e Jinny eram apenas animais de estimação do verdadeiro dono. Somente após uma longa prova da inteligência de Jinny – que incluiu um humilhante teste do espelho, uma extensa série de perguntas sobre a cultura e o desenvolvimento tecnológico dos humanos, além de alguns testes de resolução de equações –, ele finalmente aceitou que Jinny e o Sr. Won Dong-ung eram, assim como ele, seres humanos.

Logo, Dein começou a entender o sistema da loja rapidamente. Memorizou os nomes, localizações e preços dos produtos, e até pegou algo parecido com um aspirador de drone para limpar a poeira acumulada nas prateleiras.

Jinny, que havia ponderado várias vezes se deveria ou não expulsar Dein, elogiou a própria paciência ao ver sua competência. Agora, com Dein como mão de obra gratuita, ela planejava se retirar para o quarto e tirar uma longa soneca. Afinal, não havia trabalhado duro o semestre inteiro sem tirar um único dia de folga?

Mas, infelizmente, o seu desejo não se realizou. O problema começou logo com o primeiro cliente. Para sua sorte ou azar, a primeira pessoa a entrar na loja depois que Dein assumiu o balcão foi o cliente jornalista. Assim que a viu, o jornalista sorriu animadamente e disse:

— Ah, você é filha do Dong-ung? Ouvi dizer que você vai cuidar da loja por alguns dias. Mas que engraçado, você não se parece nada com ele. Deve ter puxado mais a sua mãe.

— Se você está achando que sou dessa espécie pouco desenvolvida, isso é um grande insulto — respondeu Dein com frieza antes de olhar para o jornalista. — Vejamos de onde você veio. Pela cor da sua pele, é certo que veio de um planeta de classe baixa. Oh… pelo material da roupa que está vestindo e o charuto em sua mão… analisando sua aparência e o cheiro do tabaco, chego à conclusão de que você pertence "àquela espécie". E, como é comum entre eles, imagino que você esteja envolvido com alguma organização criminosa baseada em laços de sangue. Acertei?

— O que você está dizendo? Eu sou jornalista! — o cliente gritou irritado, e Dein olhou para ele, surpreso.

— Oh, um jornalista! É um dos poucos meios pelos quais alguém da classe baixa pode subir na hierarquia. Ver diante dos meus olhos aquilo que antes conhecia apenas pelos livros… De fato, a pesquisa de campo tem seu valor! Acredito que algum parente seu, um mafioso impiedoso, tenha descoberto um ponto fraco do chefe do jornal. Foi assim que ajudaram você a se tornar um jornalista? Li que casos assim não são incomuns. Então, como foi a sensação de subir de classe?

— Eu me distanciei da minha família aos quize anos! Não precisei da ajuda de ninguém para me tornar um jornalista!

Jinny, que estava tirando uma soneca no quarto do Sr. Won Dong-ung, acordou com os gritos e correu para fora. Dein estava com um gravador na mão e o jornalista estava tão furioso que sua pele rosada estava quase azul. Arrumando o cabelo, Jinny disse:

— Ah, olá! Como vai? O senhor é o cliente jornalista, certo? Meu pai falou bastante sobre o senhor. Eu sou Jinny, filha do Sr. Won Dong-ung.

— Eu vou muito mal! É a primeira vez que sou tratado dessa forma, não esperava isso desse lugar!

— Desculpe, desculpe. Nosso novo funcionário ainda está aprendendo.

Enquanto Jinny tentava se desculpar, Dein interrompeu:

— Quando você entra dessa forma para uma empresa, as matérias acabam sendo escritas na direção que a máfia deseja, não é? Como, por exemplo, diminuir a escala do crime na reportagem.

O cliente jornalista se virou e saiu andando, mas antes, virou em direção à loja novamente e gritou:

— Você, funcionário novo ou seja lá o que for, continue com essa atitude e vai ver o que acontece! Posso contar ao meu primo de sexto grau sobre você. Pode ser que você acabe sumindo em algum lugar bem distante. Eu ainda tenho parentes com quem mantenho contato!

— Oh, então você realmente vem de uma família criminosa baseada em laços de sangue?

A porta da loja se fechou com um estrondo.

Jinny observava, em transe, a poeira que o aspirador de drone de Dein ainda não havia removido, caindo. Ela virou a cabeça para o lado. Dein estava com uma expressão satisfeita, desligando o gravador. Ele pressionou o botão de reprodução novamente para verificar se tudo estava correto, e então falou:

— Quando a teoria e a realidade coincidem, eu fico extremamente empolgado. Quero agradecer pela oportunidade de trabalhar na loja!

— Dein.

— Sim? O que foi?

— Saia agora.

Jinny pegou o sal e o jogou nele. Era o sal que o Sr. Won Dong-ung havia deixado no balcão.

Desesperado, ele puxou um dispositivo e disparou um flash.

— A cerimônia que você acabou de realizar não foi registrada! Por favor, repita só mais uma vez!

— Saia, seu maluco!

— Por que está fazendo isso?

— Você está afastando a clientela!

— Mas eu não disse nada errado. Ele claramente tinha as características físicas dos nativos do planeta Smetrios, conhecidos por sua associação com grupos violentos de base familiar.

— Como você sabe? Na minha opinião, vocês são iguais!

— Vou explicar para a evolução intelectual da sua espécie. Primeiramente, a tonalidade da pele dele era rosada.

— Você também tem pele rosa!

— Não. Minha pele é de um tom roxo com os valores R 140, G 95 e B 141. Dependendo das condições, pode haver uma variação de mais ou menos três unidades em cada valor. Já a pele dele tem os valores R 178, G 83 e B 109. Isso não é evidente?

— O que você está querendo dizer?

Dein olhou para Jinny com uma expressão de pena.

— Me parece que a sua espécie tem dificuldades em perceber cores.

Sem paciência para continuar a conversa, Jinny empurrou Dein para fora da loja. Enquanto era expulso, gritou:

— Espere! Eu ainda preciso realizar mais pesquisas aqui! Não posso perder essa oportunidade preciosa! Eu prometo que não farei mais comentários que possam afastar os clientes. Reconsidere sua decisão!

Após algum tempo de discussão, Dein acabou ficando na loja. No entanto, Jinny o expulsou do balcão e o mandou limpar a bagunça na parte dos fundos.

— Mas assim eu não vou conhecer ninguém!

— Fique quieto e limpe o quintal. Depois eu deixo você organizar a loja e observar os clientes.

Jinny não teve outra opção senão ficar no balcão. Ela percebeu que os clientes da loja não eram tão estranhos quanto imaginava. Houve quem tivesse trazido veneno para baratas como almoço, quem estivesse usando roupas estranhas e brilhantes e quem falasse tão alto que Jinny sentia dor nos ouvidos – na verdade, era apenas um ajuste incorreto do volume do tradutor. Mas ela pensou que aquilo não era tão diferente do tempo em que ajudava na loja da feira de Bongcheon-dong.

— Talvez tivesse sido um erro ter trazido aquele homem... — Jinny resmungou enquanto acrescentava mais uma caixa de bala sobre a pilha de embrulhos de petiscos vazios acumulados no balcão.

A boa notícia era que Dein tinha talento para organização. Em menos de duas horas, o quintal dos fundos estava impecável, organizado como uma loja em um shopping de grande porte. Dein entrou para a conveniência com um rosto brilhando de entusiasmo e começou a organizar as mercadorias, empilhando pacotes de salgadinhos em cores de forma meticulosa enquanto observava os clientes, anotava suas observações em um caderno e ligava e desligava o gravador.

Quando a noite chegou e os clientes começaram a diminuir, Jinny foi até uma pequena cozinha ao lado do quarto do Sr. Won Dong-ung e fez um prato simples de ovos com legumes, que estavam um pouco murchos. Dein ficou radiante ao provar o que chamou de "comida primitiva" e tirou várias fotos do prato.

— Não raspe a frigideira com a colher!

— Oh, isso é um tabu social baseado em superstição?

— Vai estragar o revestimento, seu idiota!

Enquanto Dein raspava toda a comida restante do prato, Zzayanchechegue entrou na loja.

Com um vestido preto de silhueta deslumbrante e maquiagem de palco intacta, Zzaya correu até ali, ofegante, e olhou para os dois que estavam sentados no estrado.

Jinny se levantou apressadamente e a cumprimentou:

— Olá. Em que posso ajudar?

— Ouvi dizer que ele está aqui.

— Quem?

Zzaya olhou para Dein, que estava raspando a frigideira.

— Você… você é o Dein, certo? — ela sussurrou com uma voz rouca e lágrimas começaram a cair dos olhos dele.

— O que é isso? Por que estou chorando?

As lágrimas também escorriam dos olhos de Jinny.

Eles estavam sentados ao redor do estrado, com a frigideira arranhada no centro. Jinny, com um chocolate na boca, observava os dois em silêncio enquanto Dein anotava algo em seu caderno. Zzaya, por outro lado, estava furiosa. Seus lábios se abriram lentamente:

— Como... como alguém pode mudar tanto assim?

— Uau, parece que estou em uma cena de filme — depois de comer um chocolate portátil e sentir seu humor melhorar, Jinny falou sem pensar e, envergonhada, tapou a boca.

Dein, com a boca cheia de chocolate, respondeu sem tirar os olhos do caderno:

— É fascinante que um ser com a pele cor de escarlate tenha alcançado tamanho sucesso social! Isso é uma abordagem acadêmica muito interessante. Como, de que forma isso foi possível? Me conte, por favor. Vou gravar a nossa conversa.

Dein apertou o botão de gravação.

— Foi você. Você e o seu perfume me tiraram do meu planeta. Por que está falando como se não se lembrasse de nada?

— Não sei. Não me lembro. Mas isso não importa agora. A situação atual é que importa. Você é atriz, certo?

— Pele escarlate... nunca imaginei que ouviria isso saindo de sua boca.

— Com licença... "pele escarlate" é um termo ruim? — perguntou Jinny, tocando cuidadosamente no tradutor.

Enquanto aguardava a resposta de Zzaya, Dein, visivelmente desapontado, clicou em sua caneta e respondeu:

— A inferioridade da percepção de cores da sua espécie já é bem conhecida. Vou explicar por consideração. Se olhar para a cor da pele dela...– Dein apontou para Zzaya com a caneta. — O valor de R é 233, mas os valores de G e B não ultrapassam 70.

É comum em pessoas de planetas pouco desenvolvidos. Esses planetas estão tão próximos de suas estrelas, suas fontes de calor, que as peles são de cores que absorvem menos luz. Como o ambiente é mais hostil, o desenvolvimento do planeta é naturalmente mais lento. O seu planeta não é assim também?

Dein mudou a direção da caneta e apontou para Jinny, que, sem saber o que fazer, coçou sua bochecha.

— Bem, eu acho que aqui está perfeito. Quente como o inferno, depois frio como o inferno…

— Chega. Já basta. — disse Zzaya — eu não quero saber por que você está me ferindo assim. Apenas me entregue o perfume. Eu pagarei o quanto for necessário.

— Que perfume? Espere, você está falando de um óleo ou fragrância usada em rituais, ou de um perfume de verdade? Pessoas com pele de cor escarlate usam perfume? Eu pensei que perfume fosse algo só para civilizações avançadas, que interessante.

— Por favor, pare!

Zzaya se levantou abruptamente e saiu. Surpresa, Jinny correu atrás dela.

Jinny encontrou Zzaya chorando encostada em uma coluna do terminal e a acalmou, levando-a de volta à loja. Durante o caminho, a atriz desabafou, enxugando as lágrimas. Ela falou sobre a sua espécie que fazia todos ao redor chorarem por causa de uma substância lacrimogênea. Há alguns anos atrás, Dein visitou o seu planeta e ao encontrá-la chorando, ele lhe ofereceu um lenço. Eles compartilharam seus sonhos, e Dein fez um perfume para ajudá-la a controlar as lágrimas, o que permitiu que ela realizasse seu sonho de se tornar atriz. Depois, ele passou a enviar o perfume regularmente, mas então desapareceu. Mesmo com muitas cartas enviadas, não houve resposta. Ela olhava ansiosamente para o perfume, que ia diminuindo, e sentia como se seu coração estivesse encolhendo, mais preocupada com a ausência repentina dele.

Em todas essas histórias, Dein era uma pessoa muito diferente de quem era agora. Após ouvir tudo isso, Jinny expressou seus sentimentos em uma única frase:

— Que loucura.

— Como ele pôde mudar tanto? Ele era realmente uma pessoa muito empática. Ele entendia profundamente as dores das pessoas do meu planeta — disse Zzaya, soluçando.

Jinny, tentando acalmá-la, disse:

— Vamos lá, vamos conversar com ele para tentar entender o que está acontecendo. Se não der certo, eu dou um soco nele e roubo o perfume.

Quando eles voltaram, Dein ainda estava sentado sozinho no estrado, parecendo muito diferente do homem energético da manhã. Ele estava olhando para o vazio, com um olhar sombrio e distante. Jinny, que estava caminhando ao lado de Zzaya, pensou que ele parecia uma máquina desligada. Seus olhos, que antes brilhavam, agora estavam escuros como se as luzes tivessem se apagado e sua pele, com um tom arroxeado, refletia a luz da lua, brilhando como aço inoxidável.

Jinny hesitou por um momento, mas continuou andando em sua direção, dizendo:

— Dein, por favor, pare de falar coisas estranhas e ouça a história dela. Se você fizer isso, amanhã vou te deixar ficar comigo no balcão.

De repente, um brilho voltou aos olhos dele, que respondeu com sua voz habitual, alta e rápida:

— Oh, então você está permitindo que eu converse com os clientes? Que ótimo. Está decidido então, a partir de amanhã. A que horas vamos começar?

— Escute primeiro a história dela — Jinny insistiu.

— Dein…

Jinny empurrou a atriz na direção dele. Zzaya hesitou e ficou em silêncio por alguns minutos, apenas enxugando as lágrimas de vez em quando.

Após um longo momento de silêncio, Dein falou, de repente:

— Por favor, me perdoe. Na verdade, eu sofri um acidente alguns anos atrás e perdi muitas memórias.

— Um acidente? Como nos filmes? Você sofreu uma perda de memória recente, esquecendo completamente da pessoa que mais ama e... — Jinny perguntou, surpresa.

Zzaya rapidamente interveio, dizendo:

— A-amor? Não tínhamos sentimentos um pelo outro! Pelo menos, o Dein, não... acho que ele não... mas espere um pouco, acidente?

— Foi um grande acidente. Eu caí de um lugar bem alto e machuquei bastante a cabeça. Disseram que não tinha chance de recuperação.

A memória de Dein, que tinha se interrompido com um estrondo, começou a se reconstruir como um pequeno disco tocando em sua mente. Ao olhar para o pai abatido sentado ao seu lado, sentiu de repente uma dor de cabeça intensa. Era como se dezenas, não, centenas de milhares de imagens se sobrepusessem à figura do pai. Fotos e vídeos da família, rostos de pessoas com expressões tristes, vozes perguntando se ele estava bem, incontáveis mãos segurando as suas... ele sentia as diferentes texturas de cada toque: ásperas, suaves, quentes, frias, secas, úmidas. E assim, ele começou a vagar pela floresta infinita de dados.

— Meus pais me amavam tanto que fizeram de tudo para me ter de volta. Começaram a reunir dados sobre mim. Felizmente, meus familiares, amigos e colegas de trabalho me ajudaram, fornecendo conversas online, fotos e mensagens que eu havia deixado. Esses dados foram usados por uma inteligência artificial para reconstruir minha mente danificada, e foi assim que me tornei um gênio da ciência!

— Acho que faltaram muitos dados... — murmurou Jinny, observando Dein dar tapinhas leves na própria cabeça com um sorriso inocente.

Com os olhos úmidos, Zzaya olhou para Dein antes de finalmente dizer:

— Você deve ter mantido segredo sobre o perfume... e sobre mim também. Então, é natural que eu não exista em sua memória agora.

Eles se encontraram pela primeira vez no planeta natal de Zzaya. Naquela época, Dein estava passando por um treinamento sucessório sob a supervisão de sua mãe, que administrava uma famosa franquia de sistemas de limpeza na 38ª galáxia. Como parte do aprendizado, ele viajava por diversos planetas considerados "primitivos" em busca de mão de obra para o serviço. Foi assim que, ao visitar uma humilde vila, conheceu Zzaya. E, naquele momento, ambos ficaram profundamente encantados com os sonhos que compartilharam.

— Você disse que queria se afastar da sua família e se tornar um perfumista. Assim como eu, que deixei o meu planeta para seguir o sonho de ser atriz…

Dein se inspirou nas lágrimas de consolo para criar um perfume que pudesse reduzi-las. Com esse perfume, Zzaya se mudou para o planeta principal, começando sua carreira como atriz. Dein enviava o perfume regularmente a Zzaya durante décadas, sem contar a ninguém.

— Ah, isso é compreensível. Se meus pais descobrissem que eu estava compartilhando sentimentos com um ser de pele escarlate, espécie que trabalha como faxineiro da nossa empresa, desmaiariam em menos de quatro segundos.

— Dein, por favor, cale essa bo… quero dizer, fique quieto! — Jinny sussurrou.

Eles costumavam se atualizar por meio de cartas cheias de metáforas. Fora isso, não havia mais vestígios. Ninguém ao redor de Dein sabia sobre Zzaya. Nos dados fornecidos pelas pessoas próximas a Dein, Zzaya e o perfume não existiam.

— Está tudo bem. Eu achei que você estivesse morto. Não importa se você está me chamando de pele escarlate ou fazendo comentários preconceituosos sobre os planetas, importa que você está vivo. Sobre o perfume… não preciso mais dele. Espero que você seja feliz.

Zzaya se virou, e Jinny gritou:

— Espere! Você disse que está em apuros porque o perfume acabou! E sinto que você e o Dein…

— Não. Não quero confundir os sentimentos dele. Eu vou cuidar disso. Ele já fez muito por mim.

Nesse momento, uma mão agarrou um pedaço da roupa de Zzaya.

— Eu… tenho alguns frascos de perfume desconhecido no meu quarto. Quer dar uma olhada? — Dein perguntou, com um sorriso inocente.

Zzaya virou a cabeça lentamente. As lágrimas em seu rosto brilhavam à luz da lua.

— Em troca do perfume, você terá que participar da minha pesquisa. Encontrar uma pele escarlate bem-sucedida é raro e você deve saber disso.

— Se você mencionar mais uma vez essa história de pele escarlate, está demitido — Jinny o alertou.

— Uau! Uau! O que é isso?

— Está tudo bem mesmo fechar a loja e ir conosco? — perguntou Zzaya, preocupada.

Jinny, que estava olhando ao redor da plataforma, virou-se com um sorriso.

— Está tudo bem. A loja não abre à noite. Nossa, como essas folhas podem ser tão azuis assim?

— Ah, criaturas de planetas inferiores! Isso é uma espécie de árvore do tipo GMO-Constr versão 11.9. Ou seja, uma planta modificada geneticamente, chamada "Breach", que foi manipulada por um corte genético para funcionar como material de construção. A razão de as folhas terem esse tom azulado é porque, de acordo com as regulamentações, deve ficar nítido que se trata de uma planta geneticamente modificada, especialmente para transporte interplanetário.

— Uau, as folhas até brilham! — Jinny exclamou, ignorando Dein.

Embora não tivesse percebido direito por ter ficado apenas na conveniência, aquele lugar conectava as galáxias. Ao ver o belo e radiante hall de embarque com uma estrutura radial, seu coração acelerou. As naves espaciais voando entre as folhas azuis que brilhavam como pedaços de vidro eram surpreendentes.

Mas aí estava Dein, falando de inferioridade e estragando o momento. Jinny estreitou os olhos com desdém para ele. Zzaya os guiou em direção à nave espacial. Jinny, com dificuldade, afastou os olhos da densa floresta azul e perguntou:

— Não precisamos comprar passagens? Quanto custa?

— Vou usar minha nave pessoal. Como a inspeção de imigração é isenta para naves privadas, não haverá problema para você viajar comigo. Dein, para onde devemos ir?

— Tem um ponto de embarque na minha casa. Podemos ir até lá. Aliás, você poderia me falar sobre os trajes do seu planeta de origem? O gravador já está ligado, então fique à vontade.

Zzaya ignorou o pedido de Dein e continuou:

— Por favor, me passe o endereço. Ah, e o efeito do remédio já deve estar passando.

Zzaya deu mais um pedaço de chocolate para cada um em frente à nave. Jinny admirou a pequena e elegante nave espacial na extremidade do terminal. Ela pensou que seria maravilhoso se os alunos da sua turma pudessem fazer uma excursão ali. *Quem gostava de espaço mesmo? Seria Jun Hui?*, pensou Jinny enquanto subia na nave.

Quando chegaram ao ponto de embarque, perceberam que a "casa" de Dein não era apenas uma casa. Era um vasto terreno, tão grande que parecia necessário um ônibus para circular entre as várias casas e instalações.

Ao entrarem no ponto de embarque revestido de mármore branco, viram pessoas vestindo uniformes confortáveis. Pareciam ser empregados da casa. As pessoas que correram em direção à nave pararam ao ver Dein, trocando olhares e hesitando. Um deles se aproximou relutante e os cumprimentou. Jinny achou a cena estranha, mas Dein, sem demonstrar surpresa, apontou para Zzaya e Jinny, dizendo:

— Esses são meus sujeitos de pesquisa do momento.

— Olá… espere, eu também? — Jinny perguntou.

Um dos empregados, ignorando-a, perguntou a Dein:

— Devo levá-las ao laboratório?

— Hmm, não. Vamos para o meu quarto primeiro.

Nesse momento, um som peculiar veio do outro lado. Alguém que se parecia com Dein entrou, falando algo. Ele não usava tradutor, e como ambas as partes precisavam usá-lo para que a comunicação fosse possível, Jinny não conseguia entender o que ele dizia. Dein acenou com entusiasmo para ele e disse:

— Este é meu pai. Pai, estas são Zzayanchechegue e Jinny. Eu as trouxe para um estudo.

Quando Jinny e Zzaya o cumprimentaram, o homem passou por elas como se não as visse e se aproximou do filho.

— $#&%…! &@?

— Não, pai. Eu disse que vou para o quarto. Não as trouxe para o meu zoológico pessoal.

Ao ouvir as palavras de Dein, Jinny sussurrou para Zzaya.

— Ei, eu ouvi direito? Zoológico? O zoológico que eu conheço?

A atriz respondeu:

— Parece que sim.

— Ah, agora entendo porque ele ficou assim.

— Ele mudou muito. Tinha tanto medo de se tornar como sua família que até tinha pesadelos todos os dias…

— Agora, ele se tornou exatamente a pessoa que mais temia ser.

Jinny não obteve resposta de Zzaya, que apenas abaixou a cabeça. De repente, um barulho alto ecoou do outro lado. Dein e seu pai estavam discutindo.

— Isso não é uma brincadeira! Saber até onde é considerado um ser humano é uma questão importante para mim!

O pai de Dein observava o seu filho gritando. Jinny sentiu que a expressão do pai estava estranha, similar à que ela havia visto nos empregados quando chegaram no ponto de embarque. Havia uma sensação de desconforto. Enquanto ela pensava sobre isso, o pai de Dein disse algo a ele.

Dein não respondeu. O seu pai se afastou e as pessoas uniformizadas o seguiram.

Frustrada, Jinny bateu os pés.

— O que ele disse para deixar Dein desse jeito?

— Ele disse que se arrepende de ter implantado a inteligência artificial para salvá-lo — Zzaya, que entendia a língua do planeta de Dein, respondeu, calma.

Jinny comentou:

— Que briga intensa.

Dein ficou parado no ponto de embarque vazio, olhando suas mãos como se fossem de uma criatura estranha. Então fechou os olhos lentamente. Respirou fundo, exalando calmamente. Ele ficou assim por um bom tempo, apenas focado na respiração.

Zzaya observou isso por um tempo e então colocou a mão em seu ombro. Dein abriu os olhos de repente.

— Ah, lembrei que há um caminho secreto que leva do ponto de embarque até o meu quarto! — Dein falou com uma voz animada novamente.

Jinny perguntou:

— Se essa informação estava nos dados fornecidos pelos seus pais, isso não seria, digamos, tudo menos um segredo?

— Não, isso não estava no banco de dados. É uma lembrança do meu cérebro. Ei, você está sendo preconceituosa, sabia? Não perdi o meu cérebro inteiro!

Jinny ficou sem palavras enquanto Dein caminhava rapidamente em direção ao chão do ponto de embarque onde a nave havia parado. Ele ajustou e puxou algumas peças de maquinário manchadas de óleo, e então uma pequena porta apareceu sob a nave. Dein, com gestos exagerados, apontou para a porta.

— Vou guiá-las para um mundo completamente novo!

Ao ouvir isso, Zzaya deu uma risadinha. Jinny, confusa, olhou para ela.

— Ele disse a mesma coisa quando me deu o perfume pela primeira vez — falou Zzaya enquanto entrava pela porta.

No fim das contas, eles não conseguiram entrar no quarto.

Não foi porque o caminho estava bloqueado, ou porque o pai de Dein, tomado pela raiva, liderou mil funcionários para persegui-los. Na verdade, havia uma pequena porta no meio do corredor, e quando a abriram, deram de cara com o laboratório de fragrâncias de Dein, então não havia mais razão para continuar entrando.

Era um ambiente pequeno. Nas paredes, várias prateleiras pequenas estavam cheias de frascos de vidro de todos os tipos. No teto, havia plantas secas nunca vistas antes – pelo menos para Jinny. No fundo do quarto, havia uma pequena janela para ventilação, e um grande órgão de perfumes. As prateleiras dispostas em uma formação de degraus, como um teatro antigo, estavam repletas de frascos de fragrâncias. Jinny fungou repetidas vezes. O cheiro não era tão forte quanto ela imaginava. Dein caminhou silenciosamente até o órgão de perfumista e se sentou. Zzaya perguntou:

— Você se lembra de alguma coisa?

— Não me lembro de nada. Mas talvez haja algum perfume que eu tenha feito por aí.

Dein começou a abrir as gavetas embaixo do órgão. Cada gaveta que ele abria fazia os frascos de vidro em cima tilintarem. Jinny exclamou:

— Cuidado! Se continuar assim, vai quebrar tudo!

— Qual é o problema? Esses objetos primitivos não têm mais nenhum significado para mim.

— Mas agora há pouco você disse que os perfumes eram a representação da civilização e sei lá mais o quê.

— Eu disse que é um dos indicadores da civilização, mas também tem seu lado primitivo. O olfato é o único dos cinco sentidos que não passa pelo tálamo antes de chegar ao cérebro. É um sentido realmente primitivo, que remonta à maneira como organismos unicelulares interagiam com substâncias químicas no ambiente. Obcecar-se pelo olfato é, na verdade, um jeito de se exibir como uma criatura evolutivamente inferior.

Após dizer rapidamente, Dein tirou da gaveta um velho e grosso caderno redondo. Olhou rapidamente para Zzaya, que estava com uma expressão triste, e fechou a gaveta com cuidado.

— É o seu caderno de trabalho. Eu me lembro dele. Você o carregava todos os dias.

Zzaya se aproximou de Dein, que começou a folhear o caderno. Jinny também se aproximou para olhar, mas não conseguia entender nada, pois não havia trazido o tradutor de texto. O caderno estava repleto de anotações, e algumas folhas secas e sementes estavam presas entre as páginas.

— Eu realmente sou impressionante. Mesmo antes da operação, eu pensava muito sobre o que é um ser humano — Dein comentou, virando as páginas.

Zzaya, que olhava as anotações ao seu lado, acrescentou com uma voz amarga:

— Mas antes... você se esforçava para abraçar todos eles.

Dein não respondeu. Apenas continuou a virar as páginas do caderno. Jinny notou que ele parecia uma pessoa diferente agora. Esse homem, que apesar de rude, era animado e cheio de paixão, havia desaparecido, restando apenas um corpo inerte com um olhar vazio.

Ele finalmente abriu a boca novamente:

— Eu devo ter sido uma pessoa muito boa, não é? — Zzaya acenou com a cabeça. — Será que meu antigo eu teria aceitado o de agora como um ser humano? — Dein mordeu os lábios por um momento, e então falou: — Até a minha própria família tem repulsa de mim... não tem como saber se sou uma criação ou um ser vivo.

As folhas do caderno que Dein segurava farfalhavam suavemente. Zzaya, sem dizer uma palavra, segurou sua mão, tentando acalmá-lo. Dein evitou o olhar de Zzaya, mordendo os lábios enquanto olhava para o chão.

— Foi por isso que você queria tanto entender sobre o que era o ser humano — Jinny comentou.

Dein contou que após receber a inteligência artificial, se sentia perdido. Ele nunca encontrou um conjunto de dados completamente imparcial, porque todo dado era distorcido de alguma forma. O que ele aprendeu com os dados não correspondia totalmente à realidade. Ele agia com base nos dados, que diziam como um "humano comum" deveria se comportar.

Porém, ao olhar para os rostos das pessoas, ele sentia que não era visto como um ser comum. Muitas vezes, as expressões que ele recebia eram de confusão, desapontamento, raiva, ou até desprezo. Ele não conseguia entender o que estava certo ou errado, nem por que as pessoas ao seu redor falavam e agiam de forma errada.

— De vez em quando, flashes de memória surgiam, como quando senti o cheiro de seu perfume e me lembrei do túnel secreto. Dentro dessas memórias, eu... — Dein colocou a mão sobre o peito — eu não parecia ser assim. Eu queria voltar a ser o que era antes, mas não sabia como.

Ele começou a pesquisar sobre o que era o ser humano, mas isso o confundiu ainda mais. A história da humanidade estava cheia de ódio, mortes e conflitos entre as pessoas. A realidade atual não era diferente. Ele foi consumido por uma enxurrada de dados, que eram reproduzidos a uma velocidade impossível de acompanhar. Quanto mais estudava sobre os humanos, mais parecia se distanciar deles.

A imensidão de informações o consumia aos poucos. Ele perdia as memórias fragmentadas de seu passado com uma facilidade assustadora. Ele se retirou do mar de dados e pensou que, ao conhecer as pessoas individualmente, talvez pudesse entender o que havia perdido.

— Foi por isso que você veio trabalhar na nossa loja? Agora entendo o motivo de parecer tão inexperiente com as pessoas. Foi um verdadeiro desastre. Nem os meus alunos do quarto ano causaram tantos problemas como você. — Jinny reclamou.

— Humpf, graças a mim, a loja está mais moderna e racionalizada. Enfim, quanto mais eu conhecer as pessoas, mais eu poderei entender o que é o ser humano... e assim, eu também poderei me tornar um.

— O quê? Você quer continuar trabalhando lá? Nem pensar! — Jinny exclamou, em choque.

Ignorando as palavras de Jinny, Dein continuou folheando o caderno até chegar à última página.

— Aqui está! Ingredientes necessários: 0,12 miligramas de essência de helenium, 0,044 miligramas de óleo de oxycoccus e, por fim, a análise da composição das lágrimas derramadas ao consolar alguém, para então sintetizá-las como base. Ahá! Não precisaremos ir muito longe. Você chorou na medida certa.

Dein rapidamente colocou um pequeno frasco de vidro na bochecha de Zzaya. Jinny balançou a cabeça em desaprovação. Enquanto Dein estava distraído observando as lágrimas no frasco, ele inconscientemente entregou um lenço para Zzaya.

— Apesar de tudo, você continua sendo você — Zzaya sorriu, em meio às lágrimas.

Enquanto isso, no Terminal de Transferência da 44ª galáxia, o Sr. Won Dong-ung estava diante da loja trancada, com um pedaço de papel na porta escrito "Volto Já". Ele havia retornado mais cedo, após um breve passeio pelo asteroide vazio, pois as informações sobre o investimento eram falsas.

O Sr. Won Dong-ung vasculhou os bolsos, o interior e os bolsos da mochila, a sola dos sapatos e até embaixo do tapete. A chave não estava em lugar algum.

— Jinny, você vai se ver comigo! — gritou o Sr. Won Dong-ung.

EP 5.

A praça de encontros mais distante do mundo

Há horas, não havia um único cliente na loja.

O Sr. Won Dong-ung estava sentado, acariciando o gato enquanto olhava para o nada. Ele até pensou em fazer uma limpeza, mas, duas semanas atrás, Jinny, que havia cuidado da loja enquanto ele estava fora, de alguma maneira, deixou tudo impecável, sem uma única gota de poeira.

O Sr. Won Dong-ung achava que a culpa por aquela falta de clientes era de Jinny que havia fechado a loja sem avisar. Quando os clientes encontram uma loja fechada uma ou duas vezes, geralmente não voltam mais. Era por isso que ele passava quase todo o seu tempo na loja. Ele vivia uma rotina de dormir e acordar no quarto dos fundos, sair para cuidar da loja e voltar para o quarto dos fundos novamente, como um cachorro com coleira. Quando esse pensamento passou pela cabeça do Sr. Won Dong-ung, ele balançou a cabeça, tentando afastá-lo.

Ele sentiu-se sufocado. Talvez fosse o efeito do passeio pelo asteroide. Eram tantos planetas e tantas espécies de pessoas, que ele até se sentia comum ao lado delas. Quando olhava para aquelas pessoas, seus cabelos ruivos e seus traços diferentes, que o atormentaram a vida toda, não pareciam nada.

A conveniência sempre foi sua casca protetora, mas ao mesmo tempo, suas algemas. Ele se lembrou do rosto de sua mãe, pedindo para que ele nunca saísse da loja. E pensou na loja, que era acolhedora, fria, sufocante como o abraço de sua mãe...

Foi então que a porta da loja se abriu abruptamente, interrompendo seus pensamentos. O gato, que estava ali, havia sumido. Um rosto pálido apareceu na porta da loja, seguido por outro, e logo, uma enxurrada de rostos começou a surgir.

Clientes estavam chegando.

O Sr. Won Dong-ung não podia deixar de lembrar do seu primeiro dia no terminal. Os clientes haviam invadido a loja, pegando as mercadorias sem permissão. Como naquele dia, os clientes pegavam itens e balançavam suas moedas, como se estivessem desesperados por comida e bebida. O Sr. Won Dong-ung teve que impedir alguns clientes que tentavam comprar inseticida para comer enquanto buscava entender o que estava acontecendo. Ele continuava a perguntar aos clientes o que havia acontecido, mas eles, sem forças para responder, apenas balançavam a cabeça e se dispersavam pela loja, comendo e bebendo.

Os clientes que conseguiram se alimentar saíram rapidamente, assim como haviam chegado. Um dos clientes, que parecia um pouco mais revigorado, finalmente respondeu à pergunta do Sr. Won Dong-ung:

— Houve um problema com o portal dimensional e todos os voos atrasaram — Enquanto dava goles em uma bebida quase vencida, ele continuou: — ficamos presos na nave por horas. Nem deram água e quase morremos de sede. Oh, isso é muito bom! Que refrescante — disse enquanto balançava uma lata de bebida com uma folha de pinheiro estampada. Depois de comprar mais algumas latas, o cliente saiu, seguindo os outros que se dirigiam à plataforma.

Na loja devastada, como se tivesse sido atacada por uma praga de gafanhotos famintos, o Sr. Won Dong-ung ficou estirado por um tempo, sem nem conseguir pensar em acender a luz. Ele apenas observava o brilho do pôr do sol que passava através do buraco no teto da loja. Estava considerando fechar a loja por hoje – já que não restava muito para vender –, quando ouviu uma voz vinda de fora da loja.

— Querida, você se perdeu do adulto que estava com você?

Pelo visto, uma criança havia se perdido. Isso acontecia com uma certa frequência desde quando a loja ficava localizada na feira de Bongcheon. Crianças se perdiam frequentemente nas suas ruas caóticas. Havia, também, aquelas que saíam de casa após uma briga com os irmãos. Essas crianças, sempre atraídas pela luz e pelo cheiro de comida, acabavam entrando na loja. Ajudar as crianças perdidas a voltar para casa era uma das tarefas extras do Sr. Won Dong-ung.

No entanto, hoje ele estava tão cansado de atender os clientes, que esperava que a voz lá fora resolvesse por ele. Porém, devido à fina parede de gesso, ele ainda conseguia ouvir claramente as vozes do outro lado.

— Por que você não diz nada? Está com medo? Não se preocupe, eu sou policial.

Ouviu-se um suspiro rápido, seguido de passos apressados, e a porta da loja se abriu com um estrondo. Uma criança, que parecia menor do que a pesada mochila que carregava, correu até o Sr. Won Dong-ung e abraçou suas pernas. *As crianças sempre se grudam em mim,* — pensou ele enquanto suspirava sentado em uma caixa vazia de cerveja. Então, a pessoa que estava conversando com ela também apareceu na porta. Era alguém que ele já conhecia.

Aquela pessoa, com cabelo cacheado, era a policial da pele roxa.

— Você não é uma daquelas três policiais patetas? — o Sr. Won Dong-ung perguntou, apontando para ela.

A policial fez uma expressão de indignação e respondeu:

— Como assim, pateta? Eu faço parte da equipe de elite da Polícia Intergaláctica, uma das melhores da galáxia!

— E onde estão os outros dois?

— Estou sozinha hoje. É uma missão solo! Pela primeira vez! — a policial respondeu com uma voz animada.

O Sr. Won Dong-ung a olhou com desdém e disse:

— Você vai prender quem hoje? Graças a vocês, o cliente andarilho, que vinha regularmente aqui, não vem mais. Está feliz agora?

— O senhor acha que estou bem com isso? Mas hoje estou aqui por outro motivo, é uma missão solo!

Enquanto o Sr. Won Dong-ung resmungava, sentiu uma mão pequena agarrando sua perna. Olhou para baixo e viu a criança escondida atrás de sua perna, olhando com desconfiança para a policial. O Sr. Won Dong-ung olhou para a policial com os olhos estreitos.

— Agora você vai levar até uma criança? Não tem mais nada para fazer?

— Não é isso! Houve uma falha no portal dimensional, e eu vim para controlar o fluxo de pessoas. Só tentei conversar com a criança, porque ela estava sentada sozinha na frente da loja! Achei que pudesse ser uma criança perdida — a policial, após dizer isso, tentou sorrir de forma desajeitada para a criança. — Olha, eu não sou uma pessoa perigosa. Eu até tenho um distintivo! Eu sou uma policial que prende os bandidos!

A policial de cabelo cacheado balançou o distintivo, imitando a captura de um vilão imaginário. A criança, com cuidado, deu uma volta por trás de uma caixa de cerveja e se escondeu ainda mais atrás do Sr. Won Dong-ung. Ele tirou uma pequena bala da prateleira de doces e a ofereceu à criança. *Quando foi que as balas diminuíram tanto?*, pensou ele, sem perceber que Jinny tinha comido todas as balas. A criança estendeu a mão de cor azulada e pegou a bala.

— É de comer. Experimente. Nham, nham!

Ele fez o gesto de colocar a bala na boca, e a criança o imitou. Ao experimentar o doce, a expressão da criança, que estava tensa e cansada, se iluminou. Seus olhos, de cor opala, brilharam e o Sr. Won Dong-ung abriu um sorriso largo.

De repente, uma mão roxa se estendeu entre eles, interrompendo o momento carinhoso.

— O que foi agora? — perguntou o Sr. Won Dong-ung, com o sorriso já desaparecendo de seu rosto.

A policial de cabelo cacheado estendeu a mão e disse:

— Eu também quero um nham. Estou com fome.

— Que nham o quê!

— Eu também fiquei presa na nave até o problema do portal dimensional ser resolvido!

— Pague — o Sr. Won Dong-ung disse com firmeza.

Enquanto o Sr. Won Dong-ung colocava as moedas que recebeu da policial na lata de balas vazia, ela se agachou com uma bala na boca e tentou conversar com a criança. No entanto, a criança apenas soltou um leve suspiro, permanecendo quieta e abatida. A policial de cabelo cacheado coçou a cabeça.

— Que estranho. Normalmente, sou muito popular entre as crianças. Será que é porque estou de uniforme?

— É porque você a assustou desde o começo. Saia da frente.

O Sr. Won Dong-ung empurrou a policial e se aproximou da criança, puxando uma caixa para se sentar ao lado dela. Os olhos da criança, que pareciam um pouco tensos até então, brilharam ao ver o Sr. Won Dong-ung sentar-se ao seu lado. Ela começou a balançar os pés, que batiam na caixa porque não tocavam o chão, e olhou para ele. O olhar da criança deixou o Sr. Won Dong-ung levemente constrangido. Tossindo discretamente, ele começou a falar.

— O que te trouxe até aqui?

A criança sorriu sem responder.

— Muitas crianças passam por aqui. Por isso, o tio aqui conhece bem.

Quando o Sr. Won Dong-ung falou com um tom gentil, a criança sorriu ainda mais.

— Você... fugiu de casa, não foi?

O sorriso da criança desapareceu, e ela olhou para os lados, sem dizer nada. O Sr. Won Dong-ung limpou a garganta antes de falar novamente:

— Você pode querer fugir de casa às vezes. Mas, se for para fugir, fuja para a casa de algum vizinho, para uma loja perto de casa ou para a casa da avó que mora ao lado! Por que veio parar aqui, em um lugar tão distante? Você não sabe o quanto isso é perigoso! Pode acabar se metendo em problemas! E você não deveria aceitar comida de estranhos!

A criança retirou discretamente a bala da boca. Visivelmente mais triste, ela olhou para o Sr. Won Dong-ung com um olhar cheio de mágoa.

— Estou dizendo por experiência própria. Fugir de casa só traz sofrimento. Então, volte para casa antes que você se meta em encrenca!

A criança balançou a cabeça, quase chorando.

— Vou pedir para o homem do saco te levar embora. Onde fica a sua casa? Fale logo!

Quando o Sr. Won Dong-ung fez uma cara de bravo, os olhos da criança começaram a tremular de inquietação. Depois de hesitar um pouco, a criança abriu a boca lentamente. O Sr. Won Dong-ung se inclinou para ouvir.

Poc poc.

A criança abriu a boca e emitiu um som travesso.

— Ei, você não pode ficar tirando sarro dos adultos!

O Sr. Won Dong-ung fez um gesto como se fosse estalar a testa da criança. Os olhos da criança, que já estavam tristes, logo se encheram de lágrimas. O Sr. Won Dong-ung olhou, surpreso, alternando entre a testa da criança e sua própria mão.

A policial de cabelo cacheado balançou a cabeça e disse:

— Ah, falou tanto sobre não assustar a criança, e no final, o senhor foi quem...

— Eu nem toquei nela, olha!

O Sr. Won Dong-ung apontou para a testa lisa e azulada da criança. Os olhos brilhantes da criança, que olhavam para o dedo apontado, começaram a turvar com as lágrimas que iam se acumulando. Grandes gotas rolaram pelas suas bochechas. Lentamente, a boca da criança se abriu.

Quando começou a chorar, um silêncio estranho preencheu o ambiente. O Sr. Won Dong-ung percebeu que, no momento em que a criança abriu a boca, o som ao redor de alguma forma havia mudado.

No entanto, ele não conseguia ouvir nada. O Sr. Won Dong-ung ficou tão confuso, que a ideia de consolar a criança nem passou pela sua cabeça.

— Ah, ah! — a policial de cabelo cacheado bateu na testa e gritou de repente.

— Por que você está assim?

— Ah! Ah!

— Por que está gritando? — o comportamento estranho da policial assustou o Sr. Won Dong-ung, que gritou de volta.

Para sua sorte, a policial parou de gritar e, finalmente, perguntou:

— Querida, por acaso você veio do Pag-enek?

A criança, que estava chorando intensamente sem fazer nenhum som, acenou com a cabeça. Ela havia chorado tanto, que a sua voz estava rouca. O Sr. Won Dong-ung, apressado, trouxe um lenço de papel.

— Ah, mas que criança esperta! Sabe até de onde veio. Pronto, pronto, pare de chorar! Quer que o tio te mostre algo divertido?

Quando o Sr. Won Dong-ung perguntou enquanto limpava as lágrimas da criança, ela assentiu novamente com a cabeça.

O Sr. Won Dong-ung, com uma expressão carrancuda, estava fazendo *dalgona*, um tipo de biscoito de açúcar.

— Faz mais de dez anos que não faço isso. Ah, que vida... não foi para você que eu falei. Tente quebrar de acordo com o molde. Nossa, já fez mais da metade?

Quando escutou o Sr. Won Dong-ung reclamar, a criança olhou para ele com preocupação, o que o fez mudar de tom rapidamente e elogiar a criança. Ela abaixou a cabeça novamente e começou a perfurar a borda do *dalgona,* seguindo o molde de estrela com um palito de dente.

O Sr. Won Dong-ung esperava a policial de cabelo cacheado. A policial, sem explicar nada para o Sr. Won Dong-ung, bateu na própria testa repetidamente antes de sair correndo para o lado da plataforma, dizendo que iria fazer uma ligação.

— É só usar o celular! — gritou o Sr. Won Dong-ung para as costas da policial, mas ela já tinha desaparecido.

Agora, o Sr. Won Dong-ung estava sozinho, e havia pegado a concha de fazer *dalgona* toda empoeirada para tentar acalmar a criança, que ainda chorava.

A criança estava concentrada em quebrar as bordas para formar uma estrela perfeita. Mesmo enquanto alguns clientes entravam na loja, atraídos pelo cheiro de *dalgona*, e levavam algumas unidades, a criança não desviava o olhar uma única vez, mantendo os olhos fixos na estrela de seu *dalgona*. Migalhas do biscoito grudavam aqui e ali nos fios brilhantes de seu cabelo, que refletia várias cores como a superfície de uma joia lapidada.

Quando o Sr. Won Dong-ung estava considerando adicionar o *dalgona* à lista de itens à venda da loja, a criança levantou a cabeça abruptamente e olhou para sua mochila com uma expressão estranha. O Sr. Won Dong-ung percebeu um estranho som de silêncio, igual ao que tinha escutado quando a criança chorava, vindo de dentro da mochila. A ideia de que podia ouvir o silêncio lhe parecia estranha, mas, de qualquer forma, ele sentia algo. Com um gesto hesitante, a criança tirou um dispositivo da mochila. O Sr. Won Dong-ung teve a sensação de que o telefone estava tocando em um tom que ele não conseguia ouvir. Ao notar que a criança não atendia a ligação, ele disse:

— Ah, finalmente veio a ligação de casa? O mundo está mais fácil hoje em dia, antigamente os pais vinham pessoalmente buscar seus filhos.

Embora Won Dong-ung reclamasse, a criança apenas olhava fixamente para o aparelho.

— Está com medo de levar bronca?

A criança não respondeu. O Sr. Won Dong-ung suspirou e estendeu a mão.

— Me dê isso. Vou falar com eles por você.

A criança rapidamente entregou o aparelho para o Sr. Won Dong-ung. *E se eu não conseguir ouvir nada, assim como a voz da criança?*, — essa preocupação passou por um momento pela sua mente. Ele atendeu o telefone, que estava um pouco pegajoso por causa do *dalgona*. Felizmente, ele conseguiu ouvir uma voz normal.

— Por que você ligou? Não sei onde você está agora, mas volte para o seu planeta.

Era uma voz mais madura do que o esperado. Parecia ser de alguém da mesma idade do Sr. Won Dong-ung ou um pouco mais velho. Ele respondeu:

— Eu... eu sou o dono da conveniência aqui do terminal. — Do outro lado, a voz não respondeu. Won Dong-ung continuou: — Você é a mãe da criança?

— Sou a avó.

— Venha buscá-la.

A criança, sem perceber que o *dalgona* estava derretendo em suas mãos, ouvia a conversa em silêncio. A avó da criança continuou tanto tempo em silêncio, que o Sr. Won Dong-ung achou que a ligação havia caído.

— Alô? Está aí? Sabe onde fica a conveniência, não é? Se não souber, pergunte no guichê.

— Não tenho nada a ver com isso. Diga a ela para voltar para o próprio planeta.

A voz era muito baixa, quase inaudível. Apesar de ser uma voz forte, estava tão baixa que mal dava para ouvir. A voz parecia distante e vazia, como se tivesse se perdido no meio de inúmeras estrelas.

O Sr. Won Dong-ung, respondeu, irritado:

— Como você pode dizer isso? Não está preocupada com a criança? Venha buscá-la. Ela está bem agora, mas e se acontecer algo ruim com ela?

— Você acha que é a primeira vez que isso acontece? Só repasse o que eu disse. Eu não vou até aí. Vou desligar agora.

O telefone desligou. O Sr. Won Dong-ung ficou sem palavras, olhando para o aparelho. Seu olhar encontrou os olhos tristes da criança. Ela parecia saber que isso aconteceria. O Sr. Won Dong-ung hesitou um pouco antes de falar novamente com cuidado:

— A sua avó disse que está muito ocupada. Você acha que consegue voltar sozinha?

A criança esfregou os olhos e balançou a cabeça lentamente.

— Você está com medo de ir sozinha? Quer que eu te acompanhe?

A criança balançou a cabeça novamente. Ela estava ignorando completamente o Sr. Won Dong-ung e o dispositivo. Frustrado, o Sr. Won Dong-ung elevou o tom de voz:

— Pare de ser teimosa! Você vai morar aqui?

As lágrimas da criança começaram a cair novamente.

— Hoje você está gastando todas as lágrimas que derramaria em toda a sua vida. Pare de chorar! Se continuar assim, vai acabar ficando como eu, sem poder chorar nem quando quiser. Vamos terminar de fazer a estrela. Nossa, ela se quebrou toda. Quando você parar de chorar, eu faço uma nova, bem maior.

O Sr. Won Dong-ung balançou o molde de estrela, tentando acalmar a criança. Nesse momento, a policial de cabelo cacheado que voltava para a loja gritou ao ver o dispositivo ao lado do Sr. Won Dong-ung.

— O senhor tinha um comunicador e não falou nada? Fiquei indo e voltando à toa!

— Não é meu – respondeu o Sr. Won Dong-ung.

Só então, a policial reparou na criança chorando em silêncio, e correu até ela.

— Por que você está chorando? Esse senhor bateu em você de novo? Quer que a tia o prenda?

— Se for falar besteira, saia!

— Esse senhor só sabe mandar sair. Por que você está chorando? Vamos sair dessa loja esquisita e ir para a delegacia.

Ao ouvir isso, a criança se assustou e soluçou. O Sr. Won Dong-ung escondeu a criança atrás de seu corpo e gritou:

— Por que você está dizendo para ela ir para a delegacia? Você não ajuda nada!

— Eu ajudo sim! Fui até a galáxia e entrei em contato com a embaixada!

— Eu recebi a ligação da avó dela! – Disse o Sr. Won Dong-ung, olhando rapidamente para a criança.

Sentia que ela estava tentando segurar o choro. Ele sentia um tipo de desistência em seu comportamento. "Você acha que é a primeira vez que isso acontece?". A voz baixa da avó da criança parecia ecoar em seus ouvidos. O Sr. Won Dong-ung bagunçou o cabelo da criança e falou baixinho para a policial:

— Parece que a situação da família dela não é das melhores. Pedi para virem buscá-la, mas disseram para a criança voltar sozinha para casa. Coitada...

A policial suspirou e, com uma voz baixa, respondeu:

— Provavelmente, todas as famílias do planeta dela são assim.

Após acalmar a criança e fazê-la dormir, a policial continuou a história.

Ela explicou que a voz da criança estava além da faixa de frequência que pessoas de meia-idade, como o Sr. Won Dong-ung, conseguiam ouvir. A estrutura das cordas vocais e do ouvido do povo daquela criança mudava à medida que cresciam e envelheciam. Assim, pessoas de meia-idade não conseguiam ouvir a voz de jovens, e os jovens não conseguiam ouvir a voz das crianças. Embora não pudessem ouvir, as gerações mais velhas percebiam a presença de vozes dos mais novos, mas causavam desconforto. Quando as crianças começavam a falar, os jovens tapavam os ouvidos, e quando os jovens falavam, os adultos faziam o mesmo. Da mesma forma, os mais novos achavam frustrante não poderem se comunicar com os mais velhos, e assim começaram a desprezar aqueles cujos ouvidos estavam "tapados". As gerações passaram a ser divididas por suas faixas de frequência.

— Isso nem é novidade. Você acha que as pessoas aqui se entendem perfeitamente? Mesmo assim, é um adulto e ainda age de forma mesquinha? Como podem deixar uma criança andando sozinha por aí? Eu não consigo aceitar isso — o Sr. Won Dong-ung falou com firmeza.

A policial deu de ombros.

— Bem, e se as vozes de cada um causarem um cansaço desconfortável? Como seria não conseguir entender o outro nunca, em nenhum momento, eternamente?

— Eu também não entendo o que os jovens de hoje em dia dizem, ok?

As pessoas que não conseguiam se comunicar se afastavam umas das outras. As crianças não conseguiam entender os pais, e os idosos não conseguiam entender os jovens. Quando a criança, ao crescer, finalmente conseguia alcançar a faixa de frequência dos pais, os pais já haviam avançado para a próxima faixa. E assim, a comunicação entre as gerações se tornava impossível.

De repente, o Sr. Won Dong-ung ouviu um som estranho, como um arranho. Ele olhou para baixo e se surpreendeu ao ver o rosto da criança ficando anormalmente pálido e suado.

— O que aconteceu com ela?

— Hã? Eu… eu também não sei! O que devemos fazer?

O Sr. Won Dong-ung se levantou rapidamente e tocou a testa da criança. Ele sentiu o pulso perto das têmporas batendo rapidamente. Um som sufocante vinha do pescoço da criança, como se estivesse sendo estrangulada. Parecia que a qualquer momento, ela poderia perder o fôlego. Em pânico, o Sr. Won Dong-ung olhou ao redor.

— Hospital, hospital!

— Devemos ir para um hospital daqui? Ah... por que eu tinha que estar sozinha justo hoje? Preciso perguntar para o meu supervisor!

— Vocês não têm permissão para sair do terminal, não é? Vamos perguntar para o funcionário do guichê, ou levá-la de volta para o seu planeta!

O Sr. Won Dong-ung pegou a criança no colo e correu em direção ao guichê. Durante a corrida, ele ouviu a criança gemendo de dor. Era a única coisa que ele conseguiu ouvir dela, e isso o fazia se sentir ainda mais triste.

A policial de cabelo cacheado já estava na frente, indo em direção ao guichê.

Quando o Sr. Won Dong-ung chegou, encontrou a policial parada em frente ao guichê com as luzes apagadas. Apenas algumas pessoas estavam ali, esperando para fazer a conexão.

A policial de cabelo cacheado disse com voz trêmula:

— Ainda não abriu. E acabaram de anunciar que teve um outro problema no portal, então as naves não vão poder partir...

— A criança está morrendo! – o Sr. Won Dong-ung gritou.

Ao ouvir isso, os passageiros começaram a se aproximar dele. Alguns estavam usando tradutores, outros não. Palavras incompreensíveis e palavras entendíveis se misturaram.

— Gente, o que aconteceu com ela?

— !@^&&?

— Não precisamos levá-la ao hospital?

— &&! &&!

— O problema é que não podemos ir para esse tal hospital!

O Sr. Won Dong-ung gritou, deitando no banco a criança, que estava quase sem consciência. Ele viu pedaços de *dalgona* nas mãos que estavam segurando a criança, e isso o fez começar a chorar. Então, uma voz familiar veio de trás dele:

— Sr. Dong-ung, vamos precisar de um dos itens essenciais da loja.

O Sr. Won Dong-ung se virou e viu o cliente de terno se abaixando e observando a criança.

De volta à loja, o Sr. Won Dong-ung seguiu as instruções do cliente de terno e revirou as caixas de itens essenciais até encontrar um respirador de emergência. Quando colocou o respirador na criança, ela melhorou rapidamente.

O cliente de terno sentou-se ao lado da criança com uma expressão preocupada.

— Fizeram bem em entrar em contato com a embaixada. Graças a vocês, consegui chegar rapidamente. A situação poderia ter sido muito pior.

— Fui eu quem entrei em contato! — a policial de cabelo cacheado respondeu com entusiasmo.

O cliente de terno disse ao Sr. Won Dong-ung:

— O planeta onde Muá vive, Pag-enek, tem uma atmosfera diferente da nossa. O nível do dióxido de carbono lá é muito mais alto. Deve ter sido ainda mais difícil para ela por ser uma criança.

— Então o nome dessa criança é Muá? Você a conhece?

O cliente de terno respondeu calmamente:

— Muá-muá é… a neta de um amigo do meu avô. Quando ouvi que era de Pag-enek, pensei que fosse ela.

— Então você conhece a avó dela? Espere, então você precisa entrar em contato com a família! A criança desmaiou!

— Não sei se isso é uma boa ideia. Se ela usar o respirador e descansar um pouco, logo ficará bem. Eu posso levá-la. Só preciso verificar com a embaixada se a passagem foi liberada.

O cliente de terno tirou um dispositivo do bolso, similar ao da criança, e saiu da loja.

O Sr. Won Dong-ung olhou a criança respirar sem força com a ajuda do respirador, acariciou a sua testa e falou em tom de raiva:

— Isso não faz sentido! A família tem que saber o que está acontecendo. E quando a criança acordar? Sabe quão solitário é ficar sozinho enquanto está doente? Vamos ver… Esse é o histórico de chamadas?

O Sr. Won Dong-ung pegou o dispositivo da mochila da criança e começou a apertar os botões descontroladamente. A policial prendeu a respiração, preocupada.

— Tenha cuidado… isso é muito caro…

— Humpf, um telefone de brinquedo que as crianças carregam não pode ser tão caro assim.

— O senhor viu que fui até a sede por não ter um desses, mesmo sendo da polícia…

O Sr. Won Dong-ung ignorou a preocupação da policial de cabelo cacheado, que parecia covarde demais para enfrentar um criminoso, e pressionou o botão. A cada tecla que o Sr. Won Dong-ung apertava com a unha sem tomar cuidado, a policial soltava um som de desconforto. Incapaz de suportar mais, ela pressionou cuidadosamente o botão de chamada para ele.

Sr. Won Dong-ung esperou enquanto um sinal de alta frequência, o qual ele não conseguia ouvir – segundo a explicação da policial –, tocava. Depois de algum tempo, a voz familiar começou a falar:

— O que é agora? Já te disse para não ligar, eu não consigo ouvir de qualquer forma.

— Sou eu, o dono da loja. É sobre a sua neta, ela está em apuros agora.

Um suspiro veio do outro lado da linha.

— Ela está quase morrendo, então venha agora…

A avó da criança continuou falando:

— Você é mesmo o dono da loja? Fale a verdade, de qual partido você é?

— O quê? Que história é essa?

O Sr. Won Dong-ung, achando que tinha ouvido errado, afastou o telefone da orelha e o balançou.

— Essas coisas não funcionam para mim. Não me importo com a criança, então não tente negociar com esse tipo de coisa.

— Pare de falar bobagens. Eu estou dizendo que a criança desmaiou! Então…

— Você… se foi pago para fazer isso, deve saber quem eu sou. Sou a pessoa responsável por separar todas as famílias. Família ou não, para mim, são pessoas que nunca mais verei!

— "Pago para fazer isso"? Como assim? Estou dizendo que a criança está em perigo!

O Sr. Won Dong-ung gritou no telefone, mas a linha foi cortada.

— Qual o problema dela?

O Sr. Won Dong-ung bateu o dispositivo na mesa, e a policial ficou desesperada.

— Senhor, por favor… isso vale mais que um ano de salário meu…

Ao ouvir isso, o Sr. Won Dong-ung pegou o dispositivo com cuidado e verificou se estava arranhado. Em seguida, colocou-o suavemente sobre o cobertor fino que cobria a criança. Ele e a policial ficaram olhando a criança em silêncio. Apenas o som do ventilador ligado, para aliviar o calor abafado da loja, estava presente.

— Senhor, eu também estou com dó da criança, mas não seria melhor deixar as coisas como estão?

— Ela parecia querer ver a avó e você quer que eu a deixe assim? — A policial disse cuidadosamente, e o Sr. Won Dong-ung resmungou.

— Quanto ao Pag-enek, a situação é muito mais grave do que o senhor pensa. Era um local onde quase ocorreu uma guerra. Os planetas de lá quase foram destruídos, de verdade.

— Eu não estou entendendo o que você está dizendo, mas de qualquer forma, não posso simplesmente deixá-la.

A policial suspirou diante da postura firme do Sr. Won Dong-ung.

Ele ouviu o suspiro, mas não olhou para a policial. Estava pensando em sua mãe.

Quando sua filha caçula, a quem mais estimava, deu à luz a um bebê "mestiço", o avô do Sr. Won Dong-ung disse que nunca mais veria o rosto da filha – e cumpriu essa promessa por toda a vida. Nem mesmo quando a filha, que havia fugido de casa, voltara grávida de um filho de pai desconhecido, ele a ignorara. Havia a recebido de braços abertos. No entanto, um neto com traços estranhos, que não se assemelhavam em nada à família, era para ele uma vergonha insuportável.

Quando sua filha, incapaz de suportar os julgamentos alheios, deixou a cidade com seu filho, o avô do Sr. Won Dong-ung não foi atrás deles.

Mesmo quando a avó, aflita de preocupação com a filha, abriu uma pequena conveniência para ajudá-los, o avô continuou a ignorá-los. No entanto, talvez pelo peso da perda de uma filha que ainda estava viva, ele não demorou muito para falecer.

No dia em que souberam da morte do avô, sua mãe não foi à casa de seus pais. Em vez disso, ela ficou sentada atrás do balcão da loja. Nessa época, o pequeno Dong-ung, que estava começando a se sentir sufocado na loja, pediu à mãe para sair. Ele não percebeu que os olhos dela estavam vermelhos. Ela o empurrou, dizendo que também odiava aquele lugar, e chorou chamando pelo pai.

Dong-ung, ainda criança, estava com medo. As palavras de sua mãe, dizendo que ela odiava a loja, pareciam se referir a ele. Sem perceber, ele começou a puxar seu próprio cabelo…

— Eu só quero que essa criança volte para a família, antes que seja tarde demais.

A policial de cabelo cacheado, que estava ouvindo em silêncio, ficou boquiaberta. O Sr. Won Dong-ung, percebendo o olhar da policial, virou a cabeça para olhar através da porta estreita da loja. Do lado de fora, ele viu vários policiais de uniforme. Pareciam estar apontando armas. Então, um som veio de fora da loja.

— Vocês estão cercados! Se entreguem em 1,2 segundos! 0,4 segundos! 0,8 segundos! 1,2 segundos!

— Eu disse que sou da polícia intergaláctica!

A policial de cabelo cacheado, cuja cara estava pressionada contra a vitrine de petiscos, gritou. O homem com o microfone auricular, que estava colocando algemas na policial, falou com os dentes cerrados:

— Esses malditos até compraram a polícia...

— Não, o que você está dizendo? Eu fui enviada para uma missão!

— Cale a boca, policial nojenta e corrupta!

— Pelo amor de Deus, me escute, seu louco!

— Há! Agora você finalmente entende como me senti da última vez, não é? — o Sr. Won Dong-ung, amarrado e com o rosto pressionado contra o balcão, conseguiu, com dificuldade, virar a cabeça para a policial de cabelo cacheado para falar.

— E importa? Solte as algemas por um momento! Eu vou mostrar o distintivo!

— Não precisa mostrar nada. É por isso que eu ando com uma equipe de segurança e não com a polícia. Pelo menos, os criminosos não vão conseguir pagar mais do que eu pelo trabalho deles.

Uma voz familiar chegou aos ouvidos do Sr. Won Dong-ung. Ele tentou virar a cabeça para ver quem era, mas como estavam pressionando seus ombros, impossibilitando-o de se mover, não conseguiu. O som de uma respiração leve passou perto de seu ouvido. Uma voz baixa e fria sussurrou em seu ouvido.

— Você deveria ter parado quando avisei.

O Sr. Won Dong-ung virou a cabeça com dificuldade. Os fios de cabelo de inúmeras cores diferentes caíram ao lado de sua cabeça. Sua pele era azul brilhante, como uma pedra preciosa, com rugas elegantes. A idosa, que era exatamente como a criança, olhava para o Sr. Won Dong-ung com um olhar frio.

Nesse momento, a voz do cliente de terno veio da porta:

— O que está acontecendo aqui? O que estão fazendo?

A idosa levantou a cabeça e sorriu para o cliente de terno.

— Ellé, quanto tempo! O que está fazendo aqui?

— O Sr. Dong-ung fez algo de errado...? – A voz do cliente de terno expressava um leve pânico.

O Sr. Won Dong-ung, ainda preso e olhando apenas para a madeira do balcão, soltou um gemido de frustração. Então, a idosa, olhando para ele de cima, falou em voz baixa.

— Esse maldito sequestrador?

— Eu já disse várias vezes, sou o dono da loja!

Sr. Won Dong-ung gritou, e a mão que o pressionava o apertou com uma força ainda maior.

— Ele é apenas o dono dessa loja mesmo. Ele estava cuidando da Muá, porque ela tinha se perdido...

Quando o cliente de terno terminou de falar, a pressão sobre os ombros do Sr. Won Dong-ung diminuiu repentinamente. "E agora? Solte. Ei, solte. Melhor soltar." Ele ouviu as vozes sussurrando sobre ele, então, de repente, estava livre.

Ele ouviu o som da policial de cabelo cacheado se levantando ao lado.

— Eu... — A idosa abriu a boca.

Franzindo a testa como se nunca fosse se descontrair, o Sr. Won Dong-ung levantou um dedo, interrompendo a sua fala. Ele apontou com o dedo para seu ombro dolorido, o roxo que já começava a se formar, a loja bagunçada e, finalmente, para a criança que estava dormindo em uma cama improvisada feita de caixas de cerveja e cobertores.

O Sr. Won Dong-ung, cheio de indignação, apontava, um por um, para todos os lugares danificados por uma causa injusta. A idosa, ao ver a cara de bravo do Sr. Won Dong-ung, disse em voz baixa:

— Desculpe.

— Ultimamente, as ameaças aumentaram. Existem muitos grupos que se opõem à política de separação... muitos deles são bem radicais — a avó da criança falou em voz baixa.

— Separação? Ameaças? Por que vocês vivem de uma forma tão complicada? E o que é essa coisa fedida? — Sr. Won Dong-ung resmungou, sentindo um cheiro estranho no ar. Era o cheiro do remédio que o líder da equipe de segurança havia lhe dado.

— É um adesivo para aliviar a dor muscular. Funciona bem para artrite, por isso compramos em grandes quantidades periodicamente — o líder da equipe de segurança falou com voz séria, e os outros membros da equipe assentiram.

Eles eram muito estranhos. Depois de solto, o Sr. Won Dong-ung conseguiu observar melhor as pessoas da equipe de segurança, e se surpreendeu ao ver que todos eram idosos, da mesma idade da avó da criança. Ele até se sentiu envergonhado por ter sido dominado tão facilmente.

Outra coisa que o deixou desconfortável foi que, embora a avó e a equipe de segurança tivessem se empenhado tanto para salvar a criança, agora estavam agindo como se ela não estivesse mais lá. A avó da criança estava sentada de costas para ela, que estava com o respirador, como se nem notasse sua presença. Os membros da equipe de segurança também estavam parados, olhando aleatoriamente para diferentes pontos da loja. Então, o Sr. Won Dong-ung abriu a boca para falar:

— Vocês são estranhos. Se vieram salvar a criança, então levem-na logo. O que estão esperando?

O líder da equipe de segurança, que estava explicando sobre os adesivos até aquele momento, se calou. O único som que preenchia a loja era o som ofegante da criança através do respirador. A avó quebrou o silêncio e disse:

— Se a criança está bem, é isso que importa. Nós vamos embora agora. Quando ela acordar, diga-lhe para ir para casa. Sobre os danos causados na loja, podem enviar uma cobrança.

— Como assim, vão embora? Esperem e levem a criança! — O Sr. Won Dong-ung gritou, surpreso. Os olhos da avó da criança tremeram, e ela murmurou, mordendo os lábios:

— Eu… não posso fazer isso.

— Por que está sendo tão cruel? Não vê que a criança está usando um respirador? — Sr. Won Dong-ung perguntou, furioso, ao lado da criança.

O cliente de terno interveio:

— Sr. Dong-ung, espere um momento… venha, vou te explicar.

O cliente de terno levou o Sr. Won Dong-ung para fora da loja. A policial de cabelo cacheado seguiu-os discretamente.

Do lado de fora, estava um pouco frio, apesar de ser verão. O céu noturno estava visível através do buraco no teto, com algumas estrelas brilhando. Os três se sentaram no estrado, e o incenso de mosquito que o Sr. Won Dong-ung acendera antes da chegada da avó e da equipe de segurança ainda queimava, espalhando uma fumaça picante.

A policial de cabelo cacheado sussurrou:

— Eu fiquei sem palavras de tão surpresa. Ela é uma política muito famosa!

— Eu nem reconheceria a cara do presidente do nosso país, como eu ia saber disso? — Sr. Won Dong-ung respondeu de forma ríspida.

— Ela foi a responsável pela política de separação em Pag-enek.

— O que é essa tal política de separação?

De acordo com a policial de cabelo cacheado, o planeta natal da criança, Pag-enek, não era um planeta único. Era um conjunto de asteroides que orbitavam em órbitas semelhantes. Embora não fossem muitos, havia asteroides suficientes para que várias gerações vivessem separadas.

— O quê? Quer dizer então que cada geração mora em um asteroide diferente? Isso é uma ideia absurda!

— Os conflitos eram imensos. Já estavam acontecendo guerras locais — o cliente de terno disse com uma voz sombria.

Eles não conseguiam ouvir as vozes uns dos outros, por isso não conseguiam se entender. Uma barreira invisível de Hertz os havia separado. O espaço entre eles se tornava cada vez mais profundo. Pequenos desentendimentos se transformaram em zombarias e discussões, e finalmente em violência, agressões e até assassinatos. Tudo piorava em momentos de crise econômica, quando todos passavam por dificuldades. Todos procuravam alguém para culpar. A sombra da guerra pairava.

— Sim. Fui eu quem fiz isso. Eu criei uma barreira entre nós. Não suportava mais continuar vendo um ao outro se matando. — disse a voz baixa.

A avó da criança, que havia saído da loja com o líder da equipe de segurança, se apoiou na árvore ao lado do estrado. De olhos abaixados, explicou a política que ela mesma havia implementado.

Cerca de seis anos atrás, em horário de Terra, eles passaram a viver em planetas separados por gerações. A nova geração, após um mínimo de cuidados, era enviada para um asteroide vazio preparado especialmente para ela. Todos estavam satisfeitos. Logo esqueceram os tempos em que não se compreendiam. Claro, novos conflitos surgiram, mas pelo menos agora as pessoas podiam se entender dentro de cada asteroide.

— Mesmo que não falem a mesma língua, vocês são adultos, não são? Os adultos devem cuidar das crianças.

O Sr. Won Dong-ung resmungou irritado, e o líder da equipe de segurança se aproximou.

— Veja isso.

O líder da equipe de segurança subiu as mangas do uniforme e mostrou um braço metálico brilhando sob as estrelas. Ao ver isso, Sr. Won Dong-ung disse:

— Ah, então é por isso que você está em boa forma... sua força no braço é impressionante.

O líder da equipe de segurança olhou para o seu braço artificial e murmurou:

— Eram jovens desconhecidos. Disseram que queriam me ensinar uma lição sobre essa sociedade injusta. Eu quase morri, mas consegui salvar minha vida, embora tenha perdido meu braço. Só mais tarde fiquei sabendo que eles tinham tramado o ataque bem na minha frente aproveitando que eu não conseguia ouvir a voz deles.

— Isso acontecia com frequência. Não foram só os jovens que atacaram os idosos. Todos se odiavam tanto... que queriam se matar. Essa foi a única solução.

— E você, odeia essa criança? — Sr. Won Dong-ung perguntou, gesticulando para a loja.

A avó da criança não respondeu.

— Se odeia tanto, por que trouxe sua super equipe de idosos para procurá-la?

A senhora mordeu os lábios e, com os dentes cerrados, disse:

— Muá provavelmente saiu de casa para me encontrar. Mesmo depois de eu dizer várias vezes para não me procurar. Quando soube que ela poderia ter sido sequestrada, eu...

Sr. Won Dong-ung pensou em sua mãe.

A mãe de Dong-ung segurava a mão do menino que puxava os cabelos e se abaixou. O pequeno Dong-ung se assustou com a expressão fria dela. Sem perceber, ele murmurou:

— Mãe, me desculpe, me desculpe...

Quando viu sua mãe levantar a mão com os dedos esticados como garras, Dong-ung fechou os olhos com força.

Então, sua mãe começou a fazer cócegas nele. O pequeno Dong-ung riu. Riu tanto, que lágrimas estavam prestes a cair. Ele riu, até que, cansado de rir, chorou. Rindo e chorando ao mesmo tempo, Dong-ung abraçou sua mãe, que derrubou as lágrimas sobre o topo de sua cabeça vermelha.

— Eu realmente gosto daqui. A ponto de estar bem depois de deixar o seu avô para trás.

Naquele momento, o pequeno Dong-ung não entendeu o que ela disse. Para ele, sua mãe sempre foi uma pessoa confusa. Mas, de alguma forma, a mistura de ódio, lágrimas, risos e amor o sustentou até agora, fazendo-o viver com certo grau de felicidade em sua conveniência.

— Apenas leve a criança. Você é idiota? Vai se arrepender mais tarde — disse o Sr. Won Dong-ung.

— Não fale sem saber. Fui eu quem implementei essa política. Fui eu quem os separou — respondeu a avó da criança, em silêncio. Depois de um longo tempo, ela murmurou baixinho — Será que eu fiz errado...?

— Ah, vocês estavam todos matando uns aos outros. O que mais poderia ser feito? Fez bem, fez bem — o Sr. Won Dong-ung falou rispidamente.

— Ah, vocês estavam todos matando uns aos outros. O que mais poderia ser feito? Fez bem, fez bem — o Sr. Won Dong-ung falou rispidamente. — Se vocês sentem tanta falta, se encontrem aqui mesmo. Aqui não tem nada a ver com o seu planeta.

O pequeno Dong-ung, que ficou na conveniência, tornou-se um jovem, e depois um adulto, e agora estava começando a olhar para a velhice. Ele percebeu que algumas palavras só poderiam ser compreendidas após muito tempo. As palavras de sua mãe pareciam ter finalmente alcançado o Sr. Won Dong-ung.

Dentro da loja, ouviu-se um barulho agitado, e a equipe de segurança apareceu com a criança. Ela correu imediatamente para os braços de sua avó.

A senhora se assustou, mas ficou parada. Os velhos seguranças olhavam para a criança com olhares ternos, como se estivessem lembrando de seus próprios filhos e netos. O cliente de terno os guiou até a saída, e eles partiram.

— Ehh... senhor — a policial de cabelo cacheado, que estava observando o grupo se afastar, falou para o Sr. Won Dong-ung: — Sobre aquele biscoito em forma de estrela que a criança estava comendo... Eu também posso pedir um?

— Pague — o Sr. Won Dong-ung respondeu de maneira firme.

EP 6.

Um ódio de longa data

O Sr. Won Dong-ung olhava para a placa da conveniência.

A placa desgastada foi colocada há quarenta anos, quando sua mãe havia aberto a loja. Com o tempo, o bairro mudou e outras lojas começaram a surgir nas proximidades. O Sr. Won Dong-ung pensou várias vezes em trocar a placa. A loja, sem um nome marcante, chamada apenas "Mercado", estava em desvantagem em relação às lojas mais chamativas com nomes como "Glory Market" ou "Mercado". No entanto, sempre que ele pensava em trocar a placa, hesitava, pois não conseguia esquecer a imagem de sua mãe pintando a placa com uma tinta vermelha que ela havia arranjado de algum lugar, para cuidadosamente escrever as palavras em uma tábua de madeira que também havia arranjado de algum lugar.

Mas agora, o Sr. Won Dong-ung sentia que realmente havia

chegado o momento de mudar a placa. Ele havia ponderado sobre isso muitas vezes. Depois da instalação de um terminal começar a receber os clientes da 38ª galáxia, ou melhor, apenas os clientes da 38ª galáxia, criaram a necessidade de uma mudança. Claro, a antiga placa estava escrita em coreano, mas para os clientes da 38ª galáxia, o coreano era uma língua completamente desconhecida. Alguns visitantes nem conseguiam entender o que a loja estava oferecendo. Houve pessoas que confundiram a loja com um guichê, com central de informações turísticas, e até mesmo com um lounge, e essas últimas pegavam comida livremente. Mesmo enfrentando esses problemas, o Sr. Won Dong-ung resistiu e manteve a placa original por quase um ano. No entanto, agora, ele finalmente tomou a decisão de colocar uma nova placa com a língua oficial da 38ª galáxia.

Essa decisão foi influenciada por uma conversa com o líder da equipe de segurança de Pag-enek, que sugeriu a troca da placa antes de sair. Ele disse que, com a velha placa e as letras coreanas em vermelho, eles haviam confundido a loja com um depósito abandonado, onde aconteciam diversos tipos de crimes. A policial de cabelo cacheado concordou. Eles acharam que o lugar parecia suspeito, por isso invadiram sem hesitar. O Sr. Won Dong-ung retrucou dizendo que o terminal em si parecia muito mais sinistro, mas eles deram de ombros e partiram.

Agora, o Sr. Won Dong-ung pensava que, ao trocar a placa, ele poderia atrair mais clientes. Tentando conter seus sentimentos conflitantes, ele resolveu que iria adiante. Decidido, entrou na loja e ligou para sua filha. Depois de vários sinais, a voz de Jinny veio do outro lado:

— Que foi?

— Por que ser tão rude com seu pai?

— Tudo que eu aprendi vem de você. E aí, por que ligou?

— Você ainda não voltou às aulas, não é? Venha amanhã me ajudar na loja.

O som de suspiro veio do outro lado da linha, seguido por um murmúrio irritado:

— Você acha que os professores ficam sem fazer nada nas férias? Eu também estou ocupada.

— Prometo te pagar bem. Preciso trocar a placa.

— Vai me dar aquelas miçangas alienígenas de novo? Troque sozinho.

Ofendido com a resposta da filha, o Sr. Won Dong-ung gritou:

— Você quer que eu troque a placa sozinho? E se eu quebrar as costas, hein? Vai ficar feliz?

— Espere, espere um pouco — Jinny falou com alguém, e logo voltou à conversa — Pai, um amigo meu... quer ajudar.

— O quê? Amigo? Não pode ser você?

— Eu estou ocupada. Ah, e pague ele com dinheiro coreano, não com aquelas moedas estranhas! Tá?

— Amigo... — O Sr. Won Dong-ung coçou a cabeça, hesitando, e disse — Deixa para lá, eu faço sozinho.

— Você não ia trocar a placa? Não tem como fazer sozinho. O meu amigo disse que sabe usar bem as ferramentas. Vai até comprar os materiais.

— Mesmo assim...

— Espero que dê tudo certo amanhã!

Jinny desligou a ligação. O Sr. Won Dong-ung ficou com uma expressão preocupada, mexendo em seu cabelo. Ele já havia parado de tingir o cabelo mensalmente. A última vez havia sido... há três meses.

Dentro deste terminal, ninguém achava estranho se o Sr. Won Dong-ung tivesse cabelo ruivo, fizesse dread ou usasse um penteado diferente. Afinal, o único ser da 44ª galáxia que eles viam era o Sr. Won Dong-ung. Os clientes apenas o aceitavam do jeito que ele era.

Na verdade, entre os seres de diversos planetas e dimensões, ter cabelos de uma cor chamativa não era nada fora do comum. Com o tempo, o Sr. Won Dong-ung foi se tornando cada vez mais indiferente em mostrar sua verdadeira aparência.

Contudo, no momento em que soube que o amigo de sua filha viria à loja, ele pensou automaticamente em pintar o cabelo.

Ele se lembrou das palavras que ouvia quando era criança, antes de esconder seu cabelo: "esquisito", "comunista", "alienígena", "anormal"... as cicatrizes na testa, que ainda doíam, o fizeram lembrar dos velhos insultos, que cortavam sua alma como ondas afiadas.

Ele não entendia por que sentia desconforto. Ele apenas estava pensando em pintar o cabelo como sempre fez, então por que as feridas antigas se tornavam mais dolorosas agora? O Sr. Won Dong-ung pensou nas caixas de tintura de cabelo que ainda estavam no depósito de trás da loja.

— É só a mesma coisa de sempre — murmurou em voz baixa, e suas palavras ecoaram pela loja.

Já era tarde e o amigo de sua filha, que havia combinado de chegar até as dez horas da manhã, ainda não havia aparecido. Nem o amigo nem a filha haviam mandado notícias. Apenas o cliente jornalista apareceu, sem intenção de comprar nada.

O jornalista olhou atentamente para a frase escrita na placa da loja e, em seguida, falou com desdém:

— Ei, Dong-ung. De onde tirou essa frase?

— De onde seria? Usei o tradutor.

— Isso... a loja realmente tem esse nome? Que palavra vergonhosa. Acho que a tradução está errada.

Após escutar a explicação sobre a palavra que o Sr. Won Dong-ung queria colocar – a palavra que ele havia digitado no tradutor foi "conveniência" –, o cliente jornalista reescreveu a palavra com uma caligrafia elaborada.

— Agora, é só copiar.

— É só escrever isso?

— Essa é a língua mais comercial que tem na 38ª galáxia, mas...

O jornalista ficou um bom tempo pensando, olhando o que tinha escrito.

— Que tal adicionar isso também? — alguém falou por trás do cliente jornalista.

Era o cliente de terno, que, como sempre, estava lá para comprar amendoins. O cliente de terno pegou o lápis que estava sobre a mesa e escreveu algo no papel. Diferente da caligrafia extremamente decorativa do jornalista, sua letra era simples e ordenada. O jornalista observou atentamente a escrita e então falou:

— Você sabe escrever em Eknaps?

— Sim. Como trabalho na embaixada, aprendi algumas palavras.

O Sr. Won Dong-ung observou as letras onduladas.

— Então tudo isso significa "conveniência"?

— Dong-ung… por favor, não fale isso na frente de outras pessoas. Acho que está sendo traduzida em outra palavra que para nós, soa de um jeito bem estranho…

— Essas palavras estão em línguas de planetas externos. Será que não é melhor colocar em línguas de planetas internos também?

O cliente de terno falou com cautela e o jornalista respondeu:

— Humm, com essas duas línguas já dá para se comunicar. Você conhece mais alguma?

— Não sei muito sobre os planetas internos.

— Eu conheço uma, mas não é exatamente um idioma oficial. Mas podemos tentar…

O cliente jornalista escreveu mais algumas palavras simples e quadradas, e o cliente de terno olhou e disse:

— Não é Smetrios?

— Sim. Bem observador.

Os dois discutiram por um tempo, e depois saíram apressados, dizendo que estavam atrasados para o embarque.

Mesmo depois que o sol começou a se pôr, e alguns outros clientes foram embora, o amigo de sua filha ainda não tinha aparecido. O Sr. Won Dong-ung olhou para o relógio. Já tinha passado das três da tarde. Ele tentou ligar para sua filha algumas vezes, mas ela não atendeu, provavelmente por conta do trabalho. De repente, um cliente com um casaco semitransparente se aproximou da loja.

O cliente novo hesitou perto da loja e então perguntou:

— Estava em dúvida… mas este é aquele famoso estabelecimento, certo? Onde vendem aqueles petiscos diferentes?

— Isso mesmo.

O Sr. Won Dong-ung disse enquanto mexia no telefone. O cliente de casaco olhou para um papel onde estava escrito "conveniência" em várias línguas diferentes.

— Isso é tipo um livro de visitas? É só escrever assim, não é? Lo... ja...

O cliente de casaco pegou um lápis e escreveu uma letra com muitos detalhes, e entrou na loja. Durante um tempo, ele foi perguntando "O que é isso? E aquilo?", deixando o senhor Won Dong-ung drenado – ele decidiu que, em breve, iria colocar versões traduzidas das descrições dos produtos também.

Depois, pegou duas balas.

— Esse terminal é famoso. A loja e o senhor também são famosos. E aquela famosa parede vermelha, então... escutei dizer que os habitantes deste planeta têm sangue vermelho... é verdade que ela é feita com sangue das pessoas daqui? Fiquei até arrepiado. Ah, e aquela porta, ninguém passa por ela? Ouvi sons estranhos vindos de lá, como se fossem batidas fortes...

Quando o cliente de casaco falou enquanto realizava o pagamento, o Sr. Won Dong-ung perguntou:

— Você está falando da porta do lado de fora?

— Não sei... é a porta à esquerda, no caminho da plataforma até aqui. Ouvi alguém gritando o tempo todo.

O Sr. Won Dong-ung franziu a testa. Ele sentiu que precisava ir até a porta do lado de fora.

A porta do terminal, que estava firmemente trancada, se abriu. A luz se derramou e preencheu o terminal desolado.

E então, um jovem alto, que estava escondido atrás de inúmeros materiais, caiu dentro do terminal. O Sr. Won Dong-ung se desviou do jovem e, com a chave que segurava, fechou novamente a porta. O jovem caído no chão começou a recolher os materiais espalhados e levantou a cabeça, acenando para o Sr. Won Dong-ung com um sorriso.

— Olá!

O Sr. Won Dong-ung pensou por um momento se ele havia fechado a porta. Mesmo com a luz fraca do terminal, parecia que o rosto do jovem estava brilhando. Seus olhos grandes e ligeiramente caídos sorriram para. O Sr. Won Dong-ung se sentiu irritado. Era claramente o tipo de jovem que Jinny adoraria. Será que era o namorado dela? Pensando nisso, o Sr. Won Dong-ung gritou, involuntariamente irritado:

— Por que você se atrasou tanto?

— Cheguei às nove da manhã! Fiquei batendo na porta o tempo todo. Não cheguei atrasado! Eu ouvi alguém falando dentro, então pedi para abrir, mas a pessoa simplesmente foi embora.

— Você não ouviu nada sobre o terminal? Como as pessoas de outra galáxia entenderiam o coreano?

O jovem arregalou os olhos e bateu na testa.

— Ah, claro! Eles não falam coreano!

Ele sorriu timidamente, e uma covinha apareceu em sua bochecha. Jinny com certeza tinha se apaixonado pela sua aparência. O Sr. Won Dong-ung sentiu raiva. Tentando se acalmar, ele falou de forma controlada:

— O terminal impede a entrada de pessoas de fora, mas quem tem a chave pode entrar. Jinny não te deu a chave?

— Ah, ela me deu, mas acabei esquecendo em casa!

— Então por que não ligou? Ela disse que te deu meu número.

O jovem, com os olhos ainda mais arregalados, bateu na testa novamente.

— Por que será que não pensei nisso antes?

O Sr. Won Dong-ung, tentando ignorar a sensação de desconforto crescente, perguntou:

— Agora me diga… qual é a sua relação com a Jinny?

O jovem ficou surpreso, deixando cair a caixa de ferramentas que estava segurando, espalhando-as por todo corredor. O jovem correu para pegar as ferramentas e gritou:

— Não... não somos nada ainda!

— Que estranho, a Jinny quase não tem amigos, e você ainda é homem...

O Sr. Won Dong-ung estreitou os olhos enquanto estendia a mão para pegar os materiais que o jovem trouxe.

— Ah, pode deixar comigo. Eu posso carregar!

O jovem, tentando pegar os materiais da mão do Sr. Won Dong-ung, acabou derrubando-os.

— Por que não carregamos juntos?

— Não, eu posso carregar tudo sozinho!

Desatento, derrubou os materiais novamente. O Sr. Won Dong-ung, já irritado, gritou:

— Ah, estamos atrasados! Vamos logo!

— Sim, claro!

Eles pegaram os materiais e caminharam em direção à loja.

O jovem, que se apresentou como Min Gu, colega de trabalho de Jinny, começou a trabalhar entusiasticamente na confecção da placa. O Sr. Won Dong-ung, observando a energia do jovem, sentiu como se estivesse envelhecendo em tempo real.

Mesmo que o Sr. Won Dong-ung tentasse ajudar, o jovem insistia em fazer tudo sozinho, derrubando equipamentos, furando a bancada e quebrando tábuas de madeira. Após alguns minutos de caos, o Sr. Won Dong-ung não suportou mais e entrou na loja, deixando o jovem fazer o que quisesse.

Mesmo depois de entrar para a loja, o Sr. Won Dong-ung podia ouvir os sons de serra elétrica e outros barulhos estranhos vindos de fora. Nenhum cliente apareceu. Algo estava claramente errado. Depois de ficar sentado sem fazer nada por cerca de duas horas, ele espiou pela janela da loja. Foi quando percebeu o motivo de nenhum cliente ter chegado. No quintal escuro da loja, o jovem estava usando uma máscara estranha e segurando uma serra elétrica enquanto alguns clientes apressados se afastavam dele.

— Pare imediatamente! — gritou o Sr. Won Dong-ung.

— Hã? Mas quase terminei...

Enquanto o zumbido da serra elétrica preenchia o ambiente, o jovem tirou a máscara e falou com uma voz tristonha. Sobre o estrado, havia algo assustador, com pequenas tábuas de madeira quebradas e espalhadas por toda parte, que estavam, com muito esforço, conectadas por uma enorme quantidade de pregos.

— O que é isso? E, por favor, desligue essa serra elétrica! — o Sr. Won Dong-ung gritou, segurando a cabeça cheia de dor.

A serra elétrica foi desligada após emitir um ruído. O jovem olhou discretamente para o Sr. Won Dong-ung.

— Como é que eu vou usar isso? Isso está mais sombrio do que a placa de quarenta anos!

— Eu acho que comprei tábuas de madeira muito finas. Elas ficavam rachando... — o jovem, que estava dando desculpas com uma voz trêmula, tossiu levemente e, em seguida, gritou com força: — não se preocupe! Vai melhorar com a pintura!

— Você acha que isso vai melhorar com pintura?

O Sr. Won Dong-ung apontou para o prego amassado que saía da tábua de madeira. O jovem, timidamente, pegou o alicate e tentou colocar o prego de volta.

— Você acha mesmo que isso vai funcionar?

— Desculpe...

O jovem colocou o alicate de volta no lugar e ficou com os ombros caídos. Ao ver a cena, o Sr. Won Dong-ung, sem perceber, suavizou a voz, dizendo:

— Tudo bem, entre e coma um prato de comida antes de receber o pagamento. Você deve estar com fome.

— Eu não fiz nada para merecer a comida...

— Então você quer que eu mande o amigo da minha filha para casa de barriga vazia, mesmo depois de ter recebido ajuda?

O jovem balançou a cabeça rapidamente.

— Então, pegue o dinheiro pelo menos. Vou entregar o valor da alimentação à parte também. Quanto deu o custo dos materiais?

— Mas eu quebrei tudo...

O jovem olhou para a tábua de madeira com olhos tristes. Uma lágrima se formou na ponta dos seus longos cílios. O Sr. Won Dong-ung o empurrou para dentro da loja, deu-lhe uma toalha e uma bebida isotônica. O jovem aceitou sem hesitar, enxugando o suor do rosto. Ele disse com uma voz triste:

— Eu realmente queria ajudar hoje. Geralmente, sou bom nessas coisas. Hoje eu só errei na compra de materiais e...

— Está tudo bem. Ninguém acerta o tempo todo.

O Sr. Won Dong-ung pegou o envelope com o pagamento que tinha preparado e, enquanto o jovem bebia sua bebida, viu o envelope e se levantou rapidamente, afastando as mãos.

— Não, não posso aceitar isso! Se eu aceitar, terei vergonha de encontrar Jinny.

— Você não vai me deixar sem pagar, não é? Eu vou ouvir uma bronca dela se eu fizer isso! — cansado da teimosia do jovem, o tom de voz do Sr. Won Dong-ung subiu novamente.

O jovem, agitando as mãos, disse:

— Se eu aceitar, vou ficar desconfortável. Está tudo bem, de verdade!

— Eu é que vou ficar mais desconfortável! Só aceite quando um adulto oferecer!

O Sr. Won Dong-ung enfiou o envelope de dinheiro no bolso dele. O jovem, assustado, tirou-o rapidamente. O envelope, que passou de um para o outro várias vezes, logo ficou todo amassado. O Sr. Won Dong-ung, ao abrir o envelope amassado, falou em um tom de voz frustrado:

— Ah, preparei dinheiro novo para nada...

O jovem, aflito, olhou rapidamente ao redor da loja e disse:

— Sogro! Que tal me dar alguns produtos da loja? Me dê alguns que não vendem bem.

— Que história é essa de "sogro"? — gritou o Sr. Won Dong-ung.

O jovem sorriu timidamente e coçou os dedos machucados. O Sr. Won Dong-ung suspirou e respondeu:

— Tudo bem, o que você precisa? Não precisa ser um produto que não vende bem, pegue o que você quiser.

— Hmm, então...

O jovem observou as prateleiras atentamente.

— Uma bebida isotônica e...

— Não precisa nem avisar que vai levar essas coisas, pode pegar e comer o que quiser. Escolha algo mais decente.

Os olhos do jovem pararam em uma prateleira.

— Ah, eu estava precisando de um pendrive. Vou levar este aqui, então.

O jovem pegou um pendrive roxo brilhante de uma caixa cheia de tralhas empoeiradas. Era um dos poucos pendrives, mas parecia ser o mais velho de todos. O Sr. Won Dong-ung falou, com um olhar insatisfeito:

— Por que não pega um mais novo?

— Não, esse é o que me deixa mais confortável! Então vou levar esse, obrigado!

Com um rosto novamente iluminado, o jovem fez uma reverência e, para evitar que o Sr. Won Dong-ung o impedisse, apressou-se a pegar suas coisas para sair da loja.

— Voltarei amanhã para ajudar de verdade!

— Por favor, não venha amanhã...

O Sr. Won Dong-ung, que nem conseguiu terminar a placa e passou o dia inteiro sem vender nada, exclamou com uma voz fraca, mas o jovem já havia desaparecido, deixando apenas o eco de um sorriso radiante.

Jinny estava sentada em uma cafeteria em Bongcheon-dong, olhando distraidamente pela janela sombria. Do lado de fora, via-se a parede massiva e áspera do terminal de baldeação. Era, sem dúvida, um design que não levava em consideração nem um pouco o prazer estético dos moradores de Bongcheon-dong, que precisavam vê-lo todos os dias. Olhando para aquela fachada grotesca, Jinny pensava na pequena loja de conveniência, em seu pai e em seu... amigo. Ela tomou um gole de café, antes de murmurar:

— Será que ele está indo bem, o Min Gu?

— Bem... não fui tão bem, mas eu me esforcei — respondeu o jovem, sentando ao lado de Jinny.

— Você encontrou meu pai? As placas ficaram prontas?

— Sim, ele é muito fofo. A placa... bem... vou terminar amanhã.

— Fofo? Você não foi para outro lugar, foi?

— É a loja que fica dentro do terminal, com um salveiro em frente, não é?

— Não é salvieiro, é salgueiro... mas, é isso aí. Enfim, agradeço por ajudar meu pai.

Jinny sorriu suavemente, sem saber o que o jovem havia aprontado.

— Você encontrou os habitantes de outras galáxias? São mais parecidos conosco do que o esperado, não é?

— Não havia clientes na loja hoje. Na verdade, não encontrei nenhum.

O jovem, que foi o responsável por fazer os clientes fugirem, respondeu com um sorriso radiante, e Jinny, parecendo um pouco desapontada, comentou:

— Que estranho. Normalmente, a loja não fica vazia. Passam muitos clientes gentis e divertidos, assim como você, Min Gu.

— Jinny, você também é muito gentil e divertida!

O jovem sorriu timidamente. Jinny olhava para o jovem, e ele, com os olhos brilhando, também olhava para ela. Um pequeno silêncio surgiu entre eles. Os olhos de Jinny tremeram ligeiramente. Ela colocou a xícara de café na mesa, e, lentamente, abriu a boca.

— Min Gu, você quer namo...

— Ah! É mesmo! Recebi isso de seu pai! Jinny, você pode me emprestar seu notebook por um momento?

O jovem, sem ter escutado bem as palavras de Jinny, rapidamente tirou o pendrive roxo e mostrou a ela. Jinny suspirou e olhou fixamente para o pendrive com os olhos semicerrados.

— Min Gu, você devia agradecer por ser um humano. Se tivesse nascido um animal, teria sido comido por causa da falta de percepção... Enfim, você só recebeu isso? Não me diga que meu pai não te pagou!

— Não, ele queria pagar a todo custo, mas eu preferi receber isso aqui! Eu perdi meu pendrive recentemente.

— Min Gu, você não pode fazer isso. — Jinny empurrou o notebook para ele e disse com seriedade: — eu vou fazer o meu pai pagar o dobro.

— Eu prefiro isso! Além disso, é uma lembrança do seu pai.

O jovem respondeu alegremente e inseriu o pendrive no notebook de Jinny. O pendrive não se conectou direito, então ele se abaixou para examinar a entrada.

— Por que não está funcionando?

— Quer que eu tente? Meu notebook é bem velho, e a entrada parece estar um pouco amassada.

Jinny pegou o pendrive, e ao segurá-lo, sentiu uma sensação estranha. Algo como uma leve pulsação, talvez? Ela olhou o pendrive mais de perto. O seu formato parecia um pouco diferente do que ela conhecia.

— Será defeituoso...? — Jinny murmurou.

Quando encostou o pendrive na entrada do notebook, ela sentiu uma vibração leve. Jinny olhou novamente, e o formato parecia correto. Ela forçou um pouco mais e conectou o pendrive.

Com um som agudo de bipes, o notebook começou a zumbir. O jovem empalideceu. Enquanto Jinny mexia no notebook, ele exclamou:

— Não acredito! Só pode ser um cavalo de Troia! Meu pendrive causou isso no seu notebook!

— Min Gu, você não é mais novo que eu? Como sabe sobre esse vírus?

— Talvez seja uma sexta-feira treze!

A tela do notebook se encheu de ruído, até que uma imagem de um quarto apareceu em preto e branco. Uma mulher com gráficos de pixels grandes, como de um jogo dos anos 1990, surgiu. Mesmo com a simplicidade dos gráficos, Jinny achava a mulher incrivelmente bonita. Seus longos cílios cobrindo suas bochechas sempre que ela piscava, e seu queixo firme e nariz levemente levantado, transmitiam um charme clássico.

Enquanto Jinny a observava, encantada, a mulher mexia a cabeça, como se estivesse perdida, e esticava suas mãos longas, tentando bater na tela como se estivesse presa ali. Quando ela exclamou algo, balões de fala apareceram na parte inferior da tela, com caracteres desconhecidos.

Jinny, desconcertada, perguntou:

— O que é isso…? Você recebeu isso do seu pai?

— Sim…

— O que é isso? — Jinny perguntou novamente, e o jovem franziu a testa, pensativo.

Ele murmurou:

— Será algo relacionado à vida privada do seu pai…?

— O quê?

— Talvez seja um jogo, como um simulador de namoro. Um jogo onde você se apaixona por uma mulher madura e bonita.

— Ugh, vendo assim, ela faz o tipo do meu pai mesmo.

Jinny, com cara de nojo, afastou seu corpo da tela e balançou a mão como se tivesse tocado em algo sujo. O jovem balançou a cabeça e pegou a mão de Jinny.

— Não faça isso. O amor é algo precioso, independentemente de sua forma.

— Amor…

A mão grande do jovem era quente. Por um momento, Jinny prendeu a respiração e repetiu lentamente as suas palavras. Os lábios do jovem se abriram perto do ouvido de Jinny. Ela pensou que ele exalava um cheiro de madeira.

— Os gostos e segredos do seu pai…

— O quê? Não, acho que não é exatamente isso…

O jovem colocou o dedo sobre os lábios de Jinny, interrompendo-a, e com voz cuidadosa, sussurrou:

— Shh, vamos respeitar.

O Sr. Won Dong-ung havia jantado tarde e estava sentado no estrado, perdido em pensamentos. Ele olhava alternadamente para a "nova placa" que parecia ter sido mastigada e cuspida por demônios, e para a velha placa pendurada na parede externa da loja. *Nada está fácil,* — resmungava ele enquanto tirava o chapéu que usara o dia todo e o jogava para trás. Ele havia pensado que, ao trocar a placa, poderia se livrar do passado e renascer como o dono da conveniência da 38ª galáxia, mas as coisas não estavam acontecendo do jeito que ele esperava.

A brisa que vinha do buraco no teto refrescava a nuca suada do Sr. Won Dong-ung. Ele ouviu algo balançando ao vento, bem ao seu lado. Ele virou a cabeça para olhar o papel. Após o cliente jornalista e o cliente de terno, alguns outros clientes haviam escrito "conveniência" em suas próprias línguas. Sr. Won Dong-ung olhou fixamente para aquelas letras desconhecidas.

Sem um tradutor, ele nunca entenderia aquelas palavras. Sem um tradutor, ele jamais conseguiria se comunicar com aquelas pessoas. No terminal onde viajantes de diferentes partes da 38ª galáxia passavam, sua loja – ou melhor, sua vida – estava começando a encontrar seu lugar. Para ele, que vivera a vida inteira como um estrangeiro, o espaço deixado pelos verdadeiros estrangeiros que vinham de além da galáxia parecia mais um lar. Ele sabia que jamais os conseguiria entender totalmente, e isso o fazia se sentir mais confortável. Ele gostava de estar ali. E quase desejava ficar para sempre. No entanto, ao olhar para a velha placa em coreano, estava sendo tomado por uma dor estranha.

Talvez ele estivesse, na verdade, se escondendo mais uma vez dentro do terminal, como sempre fizera com seu chapéu, com a tintura no cabelo ou com o fundo da loja.

Será que existe um lugar melhor onde eu possa finalmente ficar em paz?, — pensou o Sr. Won Dong-ung. Ele sentia como se alguém estivesse chamando-o de algum lugar distante, de fora da loja…

E, de fato, alguém estava batendo desesperadamente na porta dos fundos. O Sr. Won Dong-ung correu para abrir, e viu o rosto de alguém que não via há muito tempo. Na verdade, não era exatamente o rosto. O visitante estava todo enrolado em panos.

O cliente enrolado estava no quintal, nervoso, batendo os pés. O Sr. Won Dong-ung segurou sua mão imediatamente.

— Por que você não veio antes? Eu já falei para não se preocupar com o que os outros falam!

O cliente enrolado levantou a tela e mostrou algo que havia escrito.

"Desculpe. É urgente. Você viu um flash drive roxo na loja?"

— Pendrive? Você está precisando de um? Muitas pessoas estão procurando hoje. Até agora nenhum saiu. Onde eu coloquei mesmo? Depois do jantar, eu arrumei…

O Sr. Won Dong-ung trouxe uma caixa cheia de tralhas. Ao contrário de seu usual comportamento calmo, o cliente enrolado apressadamente vasculhou as coisas. O Sr. Won Dong-ung percebeu que o cliente estava pegando um por um os pendrives com um brilho peculiar, de cor roxa, e os examinando cuidadosamente. O Sr. Won Dong-ung disse:

— Pegue qualquer um. Eles são todos iguais.

O cliente enrolado, sem responder, despejou os pendrives roxos sobre uma caixa de papel no quintal e os espalhou. Ele começou a olhar um por um, tocando cada um com os dedos enrolados e trêmulos. De repente, ele se agarrou ao pano que cobria sua cabeça e soltou um gemido baixo. Em seguida, escreveu algo na tela, com a escrita tão apressada e trêmula que as palavras estavam difíceis de ler.

"Não tinha nenhum mais velho? Não é novo!"

O Sr. Won Dong-ung pensou por um momento, coçando a cabeça. Então falou lentamente:

— Velho? Havia um… até uma hora atrás. Mas alguém levou.

O cliente enrolado, envolvendo a cabeça, desabou no chão. Sr. Won Dong-ung, assustado com sua reação, o ajudou a sentar em uma caixa vazia de cerveja. Ele abanou o cliente com um leque e perguntou:

— O que foi? Está com tontura por causa do calor? Você está coberto demais. Não tem jeito, você precisa de um pano mais leve. Conhece tecido de ramie?

O cliente, ainda tremendo, escreveu na tela novamente:

"Quem foi que levou? Temos que recuperá-lo! Por favor!"

— Há? O que está acontecendo? É tão importante assim?

"Por favor, antes que seja tarde demais!"

— Fique calmo.

O Sr. Won Dong-ung pressionou o botão do telefone, que começou a tocar.

— O que tem de tão importante aí? Tem que me dizer para eu pedir de novo.

"Minha amiga."

— É da sua amiga?

O cliente balançou a cabeça com força e escreveu de novo.

"Pendrive = Minha amiga"

— O pessoal de hoje em dia faz amizade com pendrives? — perguntou o Sr. Won Dong-ung, surpreso.

O cliente enrolado soltou um gemido para fora do capacete enquanto apressadamente escrevia na tela.

"O pendrive não pode ser conectado à rede! Minha amiga pode morrer!"

As palavras escritas na tela se transformaram rapidamente em coreano com a ajuda do tradutor. O tradutor parecia até traduzir a letra trêmula das suas mãos. O coreano que apareceu na tela estava completamente ilegível, especialmente a parte que dizia "pode morrer!".

— O quê? Ela pode morrer? — gritou o Sr. Won Dong-ung, que, com muita dificuldade, conseguiu decifrar as palavras escritas.

Justo nesse momento, a voz ríspida de Jinny saiu do telefone:

— Quem morreu?

— Ainda não morreu! E… aquele amigo que veio hoje, é o Min Gyu? Você consegue entrar em contato com ele agora?

— Quem foi que morreu? E é Min Gu, não Min Gyu.

— Isso, Min Gyu! Dizem que o pendrive que ele levou hoje é de nosso cliente. É algo importante, precisamos recuperar logo.

— O pendrive?

— Sim, é uma amiga de um dos clientes… rápido, ele diz que se conectar à rede, pode dar ruim.

— Ah, é? Amiga de um dos clientes? — a voz de Jinny ficou estranhamente fria.

— Não é uma amiga secreta sua?

— Eu entendo, sogro! — De repente, uma voz forte ecoou no fundo.

Jinny, visivelmente desconcertada, sussurrou:

— Min Gu, por favor, fique quieto!

— O quê? Por que estão juntos a essas horas? Onde vocês estão? Ele não, ele não! — o Sr. Won Dong-ung gritou.

— Estamos em uma cafeteria perto da sua loja! O chocolate quente daqui é maravilhoso! Venha aqui, vamos tomar juntos.

— Como é? Jinny, você não disse que estava ocupada? E está aí na cafeteria agora?

— Ah, eu acabei de chegar aqui depois do trabalho!

O cliente enrolado agarrou a manga do Sr. Won Dong-ung e apontou para a tela onde ainda estava o aviso.

— Você não conectou o pendrive ao computador, não é? Ele está dizendo aqui que é perigoso, que pode morrer.

— Pode ficar tranquilo. Acho que o meu notebook já morreu faz tempo.

— Não, digo, a amiga do cliente!

— Ah… aquela sua amiga "virtual"?

— O que você está dizendo desde aquela hora?

— Eu entendo que você está tentando esconder seus hobbies secretos da sua filha, mas já é tarde. Já vi tudo. A sua paixão por… como posso dizer… 2D.

— Sogro, eu apoio todas as formas de amor!

— Eu não estou brincando!

O Sr. Won Dong-ung saltou da cadeira, exasperado.

— Se é um sentimento verdadeiro para o senhor, eu acho que está tudo bem.

— Chega de besteira, tire esse pendrive do notebook imediatamente! Alguém vai morrer!

— Ah, pai. Só porque está envergonhado não significa que vai morrer. Fique tranquilo, eu entendo. Ela realmente faz o seu tipo. Bom, vou indo. Estou ocupada.

— Ei, ei! O que você sabe sobre o meu tipo?

A ligação foi desligada. Mesmo tentando ligar novamente, ninguém atendeu. O cliente enrolado observava o Sr. Won Dong-ung em silêncio.

— E agora? Eles acham que é uma brincadeira — disse o Sr. Won Dong-ung, coçando a cabeça, preocupado.

O cliente, que ainda segurava sua manga, tirou a mão e rapidamente retirou o capacete. Seus cabelos, um pouco mais longos do que da última vez que o viu, balançaram suavemente, revelando olhos quentes de um tom castanho. Uma única lágrima escorreu, seguindo a linha da tatuagem azul marcada em sua bochecha. Ele a enxugou rapidamente e disse algo em uma língua alienígena, sem nenhum som. Apenas os movimentos de sua boca se alteraram de um jeito incompreensível. O Sr. Won Dong-ung não conseguiu entender aquelas palavras, mas, de alguma forma, soube exatamente o que elas significavam. Algo que o cliente já deve ter pensado inúmeras vezes enquanto tentava sobreviver como um andarilho. "Me ajude". Pelo menos, era isso que parecia estar dizendo.

O Sr. Won Dong-ung, se levantando de repente, se declarou:

— Eu vou buscar a sua amiga.

O Sr. Won Dong-ung fechou firmemente a porta externa. Uma brisa quente soprou por cima de seu gorro grosso. Para ele, que vivia em um terminal com temperatura controlada, sem poder sentir as estações, o calor do verão foi como uma bexiga d'água estourando diretamente em seu rosto. Ele já começava a suar e, enquanto enxugava a testa, rapidamente olhou ao redor. A rua do mercado de Bongcheon parecia parcialmente familiar, mas também um pouco estranha. Ele viu a loja de vegetais, que jurou sair de lá após receber a indenização, ainda intacta. A loja de roupas Jeong, que parecia nunca ter clientes, ainda estava lá, depois de mais de dez anos. A loja de bolo de arroz de Pungnyeon e o armazém de óleos de Mimi, no entanto, desapareceram. O mercado estava com as luzes apagadas e não havia ninguém. Já passava das dez da noite, então todos provavelmente já haviam ido para casa para se preparar para o próximo dia de trabalho.

O Sr. Won Dong-ung finalmente relaxou os ombros tensos. Mesmo depois de tantos anos conhecendo os comerciantes vizinhos, ele temia encontrá-los despreparado. Isso porque, sob seu gorro, ainda estava escondido seu cabelo ruivo, que ele nunca havia pintado. Ele puxou o gorro para baixo e o apertou mais sobre a cabeça, então virou-se em direção à rua movimentada onde as luzes ainda estavam brilhando.

À medida que se aproximava da rua principal, onde as cafeterias se agrupavam, os passos do Sr. Won Dong-ung aceleraram. De acordo com o que o cliente enrolado havia contado, sua amiga do pendrive estava em perigo.

Essa amiga era uma espécie de existência virtual composta apenas de dados. Se tornar um ser digital era uma maneira extrema escolhida por aqueles que estavam cansados da sociedade da 38ª galáxia, onde as pessoas eram constantemente discriminadas e desprezadas por características físicas. Aqueles que decidiam abandonar seus corpos reais para continuar existindo apenas como dados eram chamados de "atadianos".

"Eu também já pensei nisso… porque lá você pode apagar tudo…"

O cliente enrolado esfregou fortemente suas tatuagens azuis enquanto falava.

Os atadianos tinham o poder de alterar sua aparência e condições físicas como quisessem. Em um mundo onde se podia escolher livremente as condições externas, a cor da pele, o tipo de corpo, a aparência e até mesmo cicatrizes ou tatuagens digitais eram apenas meios de expressão pessoal. Era um paraíso para aqueles que estavam exaustos de tanto sofrer discriminação.

E o que estava no pendrive era a amiga atadiana do cliente enrolado.

"Para ser mais exato, são os dados de backup da minha amiga."

O pendrive roxo que o cliente enrolado procurava na caixa de tralhas era um item essencial dos atadianos, usado em situações emergenciais quando precisavam fazer um backup urgente de sua existência.

— Mas por que diabos isso foi parar na caixa de tralhas? — resmungou o Sr. Won Dong-ung, sem saber que, enquanto ele estava fora, Dein havia reorganizado a loja do seu jeito.

O cliente enrolado explicou que, há algum tempo, pessoas começaram a tentar destruir o backup de sua amiga. Sempre que o backup se conectava à rede, outros atadianos apareciam para tentar apagá-lo.

Então, o cliente enrolado havia mantido o backup de sua amiga dentro do pendrive, longe da rede. Mas depois daquele dia de confronto com a polícia, na loja do Sr. Won Dong-ung e ele só percebeu que o havia perdido um mês atrás, após vagar por vários lugares.

— Concluindo… você quer que eu, um velho dono de loja, barre esses assassinos? — o Sr. Won Dong-ung perguntou, perplexo.

O cliente enrolado hesitou por um momento antes de responder:

"Só me ajude a desconectar a rede antes que eles encontrem minha amiga. Se já a encontraram… apenas fale de mim."

O cliente enrolado disse que tinha uma suspeita de quem os havia enviado.

Ele não saiu do terminal. Para ser mais exato, ele não podia, pois seus registros de entrada e saída seriam documentados pela tatuagem de dados.

Escondendo sua ansiedade, o cliente enrolado despediu-se do Sr. Won Dong-ung. Agora, a vida de sua amiga estava nas mãos do dono da pequena loja de conveniência.

— E agora…? Seja dado ou pessoa, a vida da amiga dele está em minhas mãos…

E assim, o Sr. Won Dong-ung apressou seus passos pela rua escura de Bongcheon. Ele logo se aproximava da rua principal.

O Sr. Won Dong-ung viu, ao longe, Jinny e o jovem sentados juntos em uma mesa de café, conversando.

— Que palhaçada!

O Sr. Won Dong-ung murmurou, vendo o jovem se aproximar demais de Jinny com um gesto descarado – pelo menos foi assim que pareceu aos olhos dele. Mas, à medida que se aproximava da cafeteria, ele começou a perceber algo estranho. Embora eles estivessem claramente grudados, parecia mais por necessidade de ver melhor a tela do notebook do que por afeto. Jinny e o jovem olhavam fixamente para a tela do computador.

Quando o Sr. Won Dong-ung correu para a cafeteria e bateu no ombro de Jinny, ela se assustou.

— Como soube que eu estava aqui?

— Você não disse que era uma cafeteria próxima? Todos os cafés desse bairro ficam mais ou menos aqui! Mas não é isso que importa. Como está a amiga do cliente? Não me diga que…

Sem sequer sentar-se na cadeira, o Sr. Won Dong-ung falou, com a luz do café projetando uma sombra em seu rosto. Ele se inclinou em direção ao jovem e perguntou, com uma voz grave:

— Os assassinos já chegaram?

O jovem, que estava usando fones de ouvido e focado na tela, pulou assustado.

— Sogro! Não é isso! Eu juro!

— Então o que é?

— Eu estava dizendo que precisamos respeitar a privacidade do senhor. O seu gosto, ou melhor, a sua namorada… eu sugeri que não devíamos nos meter. Mas essa personagem fica insistindo em falar comigo…!

O Sr. Won Dong-ung se aproximou do notebook e olhou para a tela. Uma mulher bonita, com um rosto que parecia familiar, estava dizendo algo. Na parte inferior da tela, havia um balão de fala com caracteres que misturavam a linguagem da 38ª galáxia, que havia visto quando alguns clientes haviam escrito para ele, com a língua coreana. O jovem retirou um dos fones e entregou ao Sr. Won Dong-ung.

— está em #% lugar...! &@ ajuda! Ajuda!

— O que ela está dizendo? — o Sr. Won Dong-ung perguntou ao jovem, devolvendo o fone.

— Ela tem falado coisas impossíveis de entender, mas de repente começou a misturar um pouco com coreano! — o jovem gritou e, depois de pensar um pouco, falou em voz baixa para o Sr. Won Dong-ung: — quanto tempo o senhor joga? Isso é... um final secreto?

— Que nada! Estou falando que ela é amiga de um cliente! Ela é uma pessoa real, real!

— Como assim, pessoa?

Jinny murmurou, e o Sr. Won Dong-ung explodiu de raiva.

— Você já trabalhou na loja e ainda duvida? Você sabe que aparece todo tipo de cliente lá! Ela é uma dessas pessoas que fez a baldeação de dados, ou algo assim! Ela vive dentro desse pendrive!

— Então ela realmente é uma pessoa? Por que ela está presa lá? Isso é possível?

— Isso não é o mais importante. Ei, você está em perigo. Vamos desconectar, entendeu?

— Pai, meu notebook não tem microfone.

— O quê? E agora?

— Bem... tente digitar algo no chat.

A mulher na tela começou a gritar freneticamente. As palavras, que misturavam coreano com algo incompreensível, se espalharam pela tela. O jovem, ouvindo atentamente pelo fone, disse:

— Não sei se entendi direito porque não é um coreano completo, mas parece que ela está dizendo para não desconectar! Algo já entrou, e ela está pedindo ajuda.

— Esse cara... ele não está inventando tudo? Eu não confio muito nele — o Sr. Won Dong-ung sussurrou para Jinny, que balançou a cabeça.

— Eu acho que é real. Ele é famoso entre os professores por entender tudo que as crianças falam, por mais enrolado que seja.

— Não consigo acreditar.

— Pai, mas o Min Gu... Ele não se parece com a mamãe? Como ele pode ser tão lindo? É por isso que você não consegue ficar bravo com ele, não é?

— Por que você está falando sobre sua mãe agora?

Enquanto o pai e a filha cochichavam, o jovem, concentrado na tela, pulou assustado. Outra mulher, vestindo um casaco preto, apareceu de repente na tela. Ela não era mais um personagem em gráficos de pontos, mas parecia uma 3D quase real. Era como se uma imagem em alta definição tivesse se sobreposto a um jogo de arcade. As duas mulheres, com resoluções diferentes, estavam se encarando. O Sr. Won Dong-ung sentiu que, apesar das diferenças de resolução, elas se pareciam de alguma forma.

A mulher de casaco preto colocou a mão no bolso e puxou uma arma.

— Então ela é uma dessas assassinas de quem o cliente falou! — o Sr. Won Dong-ung exclamou.

Jinny, que ainda não tinha entendido a situação, perguntou, confusa:

— Então isso... é um jogo?

— Ai, e agora! Chat? É para escrever no chat?

O Sr. Won Dong-ung colocou as mãos no teclado desesperadamente.

— Pare! Pa, pa... onde está esse maldito "P"?

Enquanto o Sr. Won Dong-ung procurava freneticamente pela tecla "P", a mulher de casaco preto dizia algo enquanto carregava a arma. Suas palavras também apareceram em um balão de fala, mas estavam escritas em uma língua desconhecida sem estar misturado com o coreano. A mulher que já estava ali fechou os olhos, resignada. Aflita, Jinny empurrou o Sr. Won Dong-ung para longe e começou a digitar no teclado.

— É para mandar parar? Vou escrever hein? Vou mandar, hein?

Anos de prática digitando documentos fizeram Jinny digitar em uma velocidade impressionante. O balão de fala apareceu. A mulher de casaco hesitou. A outra, que já estava ali gritou algo, e o jovem que estava ouvindo a conversa disse:

— Não entendi exatamente, mas parece que ela está traduzindo o que estamos escrevendo para a língua deles e passando para a mulher que acabou de chegar.

Nesse momento, a mulher de casaco simplesmente disparou a arma. O som foi tão alto que até Jinny e o Sr. Won Dong-ung, que não estavam usando fones de ouvido como o jovem, conseguiram ouvi-lo.

— Meu ouvido quase estourou!

O jovem massageou os ouvidos doloridos e tirou os fones. Assim que os removeu, o som da arma sendo carregada ecoou no notebook.

Através da fumaça que parecia real, a mulher de casaco apareceu novamente com a arma apontada. A mulher que já estava ali estava caída no chão. O braço atingido pelo tiro parecia estar se fragmentando. Ela tremia de medo.

O Sr. Won Dong-ung falou rapidamente:

— Ei, como era mesmo o nome daquele cliente? Ah, não lembro! Diga que foi o andarilho que mandou a gente! O andarilho todo enfaixado!

— Se levar um tiro, morre mesmo? Mas isso é só um gráfico… se for atingida, ela morre? Morre de verdade?

Mesmo atordoada, Jinny continuava digitando rapidamente para colocar as palavras do Sr. Won Dong-ung no chat. A mulher caída, segurando o braço ferido, traduziu a mensagem. A mulher de casaco, ao ouvi-la, baixou a arma lentamente, com uma expressão confusa.

— E agora, o que a gente faz? Por que ela quer matar alguém do nada? Como essa mulher armada apareceu no meu notebook? Será que o cliente enrolado mentiu? Espere… isso é algum tipo de vírus?

— Estou dizendo que são pessoas de verdade! E aquele cliente não é do tipo que mente.

— Como posso ter certeza de que foi Nuá quem te enviou? Onde estamos? Vocês estão usando uma língua que nunca vi antes – A voz que saiu do notebook era fria e afiada. A mulher de casaco falava coreano perfeitamente.

Jinny e o jovem se entreolharam, assustados, e, sem perceber, seguraram as mãos um do outro.

O Sr. Won Dong-ung não viu isso acontecer, e disse:

— Mas você também está falando em coreano! Ah, é mesmo, a gente não tem microfone. Jinny, escreva logo!

Jinny soltou a mão do jovem com relutância e voltou a digitar. A mulher, ao ler a mensagem no chat, zombou deles.

— Essa língua primitiva... se eu tiver alguns terabytes de dados da sua rede de comunicação, consigo analisá-la em minutos. Só demorou porque era a primeira vez que via essa língua. E esse sujeito aí é tão burro que nem isso conseguiu fazer direito. Então, quem é você? Acho que não tenho mais motivos para esperar.

Quando a mulher preparou a arma novamente, o Sr. Won Dong-ung falou, apressado:

— Fale que sou o dono da conveniência do terminal de baldeação! Aquele cliente me pediu para vir aqui, e eu vim! Rápido, antes que ela atire de novo!

Jinny fez cara feia, mas digitou rapidamente:

— Entendi. Olá, sou o dono da conveniência do Terminal de Baldeação da 44ª galáxia... o cliente me pediu para vir aqui. Vejo que você fala coreano...

— Por que não colocou que eu vim aqui com muito esforço? Você só escreve besteira desnecessária!

— Para que se gabar?

— Não acredito em vocês. Usar a expressão "andarilho" dessa forma... e, além disso... – A mulher levantou a arma novamente. — Passei tempo demais procurando essa pessoa.

— Meu Deus, por que essa mulher é tão violenta? Que assustador! Fale para esperar cinco minutos! Vamos para a loja. Diz que aquele cliente está lá!

— Ah, já vai. Estou escrevendo... "Se esperar cinco minutos minutos... poderá encontrar... o cliente andarilho..."

— Por que você pulou a parte do "Meu Deus, por que essa mulher é tão violenta? Que assustador!"?

— Para que provocar?

— Com licença, senhor, precisa de mais alguma coisa? — uma voz gentil veio de trás. A funcionária da cafeteria, com um sorriso caloroso, perguntou, com as veias quase saltando de seus olhos.

— Já passou um pouco do horário de encerramento...

— Antes de sair, mande o: "Por que essa mulher é tão violenta?" — o Sr. Won Dong-ung, sem desistir, sussurrou para Jinny.

O caminho de volta para a loja foi bastante desconfortável. Como não sabia o que a mulher de casaco faria caso desligasse o notebook, Jinny caminhou até o terminal segurando o computador aberto. Durante esse curto período, ela teve que digitar várias vezes no chat para impedi-la de atirar. Enquanto Jinny digitava na rua, o jovem ofereceu suas costas largas para apoiar o notebook, e o Sr. Won Dong-ung, em pé, gritava as palavras que precisavam ser ditas. Todos estavam se esforçando intensamente.

No entanto, a cena de reencontro do cliente enrolado, que estava na frente do portão do terminal, com sua amiga fez todo o esforço deles valer a pena. O cliente enrolado lentamente retirou o capacete. Ele ficou olhando fixamente para a tela do notebook e, depois de um tempo, abraçou o Sr. Won Dong-ung.

A amiga, ao ver o cliente enrolado pela câmera embutida no notebook, sorriu. A mulher de casaco, por sua vez, ficou sem saber o que fazer. Ela apenas mordeu os lábios e escondeu a arma atrás de suas costas.

O cliente enrolado transferiu o pendrive para o seu dispositivo – o notebook voltou à tela normal, e Jinny soltou um suspiro de alívio. A imagem das duas mulheres voltou a aparecer na tela, e ele escreveu uma mensagem no dispositivo.

"Jeicy, você está bem?"

A mulher pixelada acenou com a cabeça e começou a fazer algo em seu braço. Parecia que ela estava recuperando os dados corrompidos.

"Fico feliz que não tenha se machucado muito. E você...", o homem embrulhado parou por um momento e depois continuou escrevendo, "Eu pensei que pudesse ser você. A pessoa que enviou as pessoas para tentar matar Jeicy."

A mulher de casaco, ao ler a mensagem do homem enrolado, ficou sem palavras. O Sr. Won Dong-ung, com um suspiro, falou:

— Nem me fale. Foi assustador. Ela atirava sem hesitar!

— Por causa do som do tiro, também acabei me machucando aqui... — o jovem apontou para seus ouvidos com fones de ouvido.

"Mas por quê?", o cliente enrolado segurou a caneta no ar por um instante antes de continuar, "Por causa da sua versão de backup..."

— Aquela não sou eu — A voz fria da mulher soou cortante. O cliente enrolado digitou novamente:

— Jeicy... é uma parte de você.

— Sabia que elas se pareciam! — o Sr. Won Dong-ung comentou.

O jovem, que não conseguiu ouvir direito sobre os atadianos devido ao fato de estar fazendo o papel de suporte para o notebook, perguntou:

— Então é como se fosse o mesmo jogo, mas uma versão antiga e outra atualizada?

— Não, essas mulheres são seres humanos que transferiram os dados centrais da consciência para o espaço virtual. De tempos em tempos, elas fazem backups naquele pendrive. São pessoas. Então, basicamente, aquela mulher é uma versão mais antiga de si mesma.

Enquanto caminhavam até a loja, Jinny, que havia entendido perfeitamente a explicação desorganizada do Sr. Won Dong-ung sobre os atadianos, explicou. A mulher de casaco gritou:

— Você também anda todo coberto porque não suporta ver suas tatuagens de dados. Eu também odeio aquilo. Me dá vergonha em saber que algo assim ainda existe. Eu queria que o meu passado desaparecesse completamente!

Ao ouvir essas palavras, a mulher original estremeceu e abaixou a cabeça. Seus cabelos pixelados deslizaram graciosamente sobre os ombros. Jinny comentou:

— Nossa, que palavras cruéis, ainda mais na frente da pessoa.

— Quem é você para falar assim comigo? — uma voz afiada como um cristal de gelo ecoou.

Jinny arregalou os olhos, surpresa, e cochichou para o jovem ao seu lado:

— Parece que tem função de microfone naquele dispositivo.

— Pois é. E se tiver escutado quando eu disse que era uma versão antiga? Deve ter ficado ofendida...

Ignorando o sussurro entre Jinny e o jovem, a mulher gritou, furiosa:

— Eu trabalhei até quase morrer para chegar aqui. Aguentei todo tipo de humilhação. Mas aquela coisa ali faz meu passado continuar existindo diante dos meus olhos... como uma marca, me perseguindo para sempre!

Ao ouvir a palavra "marca", os ombros do cliente enrolado tremeram levemente. Lentamente, começou a escrever:

"Jeicy não te persegue. Ela até pediu que não conectassem o pendrive em lugar nenhum. Decidiu viver em um servidor fechado, sem interferir neste mundo. Mas você..."

— Então por que você escolheu aquilo em vez de mim...?

A mulher de casaco ergueu o braço incrivelmente realista e apontou para a figura pixelada e rudimentar da sua antiga versão.

— Você ainda a chama de Jeicy? Esse backup burro e de baixa qualidade?

"Por favor, não fale assim... esse é o seu passado."

Os atadianos, que fugiram da discriminação e perseguição, encontraram um refúgio no mundo virtual, uma utopia desconectada da realidade. Mas havia um elo que os prendia ao mundo real: seus dados não eram completamente virtuais. No fim, tudo estava armazenado em algum servidor físico. E o tamanho dos dados que compunham uma única existência era imenso. Mesmo depois de migrarem para o espaço digital, eles ainda precisavam pagar pelos custos do servidor no mundo real.

— Isso mesmo. O "passado" em que, como não havia dinheiro para o maldito servidor, reduziram a qualidade dela para gráficos de oito bits e apagaram boa parte da memória — a mulher de casaco zombou. — Eu não sou mais assim. Agora sou tão real quanto qualquer um dos presentes aqui. Sejam sinceros... — ela olhou diretamente para a tela e apontou com precisão para o Sr. Won Dong-ung, Jinny e o jovem. — Quando atirei nela, vocês acharam que estavam testemunhando um assassinato real?

Sr. Won Dong-ung hesitou e não conseguiu responder. Jinny, que antes ficava perguntando se tudo era real, também não soube o que dizer. O jovem, no entanto, falou sem pensar:

— Desde o início, eu achei que essa mulher pixelada era o verdadeiro amor do senhor! Então, claro que achei que ela estava morrendo de verdade!

— Por que você continua com essa ideia absurda? — o Sr. Won Dong-ung gritou.

A mulher falou em um tom mais baixo:

— Eu não aceito que aquilo seja eu. Se os meus funcionários vissem aquela imagem, ainda me respeitariam como sua líder? Os investidores continuariam investindo? Os vizinhos do bairro onde moro continuariam me aceitando?

A mulher olhou para os próprios dedos, agora realistas e vívidos. Para conquistar aquele corpo digitalizado, ela precisou suportar muitas coisas e lutar com todas as forças. Em comparação com seu passado feito de oito bits, seu corpo, que possuía uma capacidade superior a mil e vinte e quatro elevado à terceira potência, exibia riqueza e status só por sua existência. Mas atrás disso, seu passado miserável continuava a aparecer. Era uma existência que não havia sido reconhecida por ninguém, nem mesmo por si mesma. A mulher cerrou os dentes.

Enquanto ouvia sua história, o Sr. Won Dong-ung sentiu algo pesado afundando em seu peito. Ele percebeu que aquela mulher não era tão diferente dele. Ambos tinham um passado que tentavam esconder, odiavam e, no fim, desejavam apagar completamente. A voz da mulher era cortante, mas ao mesmo tempo trêmula:

— Fui ignorada, atacada, acusada de crimes que não cometi. Você sabe do que estou falando. Os andarilhos sempre sofrem. Nós dois passamos por isso juntos. E você, ainda passa por isso, não é?

O cliente enrolado acariciou o próprio rosto como se sua tatuagem queimasse, sentindo uma dor insuportável. O Sr. Won Dong-ung se lembrou do momento em que os policiais o encontraram em um instante, apesar de esconder sua tatuagem com camadas de tecido. Lembrou-se também de seu cabelo ruivo, que ele ainda não conseguia mostrar. O suor acumulado sob seu chapéu escorria lentamente.

A mulher continuou:

— Eu odiava tudo isso, por isso abandonei meu corpo. Achei que encontraria a felicidade eterna no mundo virtual — ela olhou ao redor, para o cenário monocromático e sem vida — mas até aqui, a discriminação me perseguiu. Meu espaço de memória era tão pequeno que eu não conseguia lembrar das coisas direito, parecia uma idiota. Todo mundo ria de mim e do meu corpo de oito bits.

Os andarilhos, que já eram desfavorecidos no mundo real, não tinham dinheiro para bancar os enormes custos de servidor. No mundo digital, ela finalmente conseguiu apagar a maldita tatuagem de dados, mas teve que reduzir sua própria existência ao mínimo.

Não havia paraíso em lugar nenhum.

A discriminação física foi substituída por uma nova forma de desigualdade: a quantidade de memória disponível. A diferença era brutal. Com tão pouca capacidade, a mulher mal conseguia falar. Suas possibilidades eram limitadas, os lugares onde poderia estar, reduzidos ao mínimo. Ela queria voltar ao mundo real, mas não havia mais corpo para onde retornar. Aquele era o seu último mundo.

A mulher arrecadou o custo do servidor por todos os meios possíveis. Aos poucos, ela começou a mudar a si mesma. Diferente dos outros atadianos, ela não fundia sua cópia de backup com seus dados originais. Quando a atualização terminava, ele simplesmente apagava os backups, eliminando qualquer vestígio deles do servidor.

O Sr. Won Dong-ung mexia nervosamente na ponta do próprio cabelo. Lembrou-se do dia em que tingiu o cabelo com graxa para sapatos. O dia em que começou a se conscientizar de sua diferença. O dia em que decidiu se apagar. O dia em que sua mãe abandonou a família e começou a vagar com ele, em busca de um lugar para ficar.

— Por favor... apenas me deixe matá-la. Aquela... não sou eu. Só quando aquilo morrer, meu verdadeiro eu estará completo.

No entanto, um verdadeiro refúgio não existe. Enquanto ouvia a voz sintética da mulher suplicando, o Sr. Won Dong-ung pensou sobre isso. Ele sentia inquietação em qualquer lugar. Ficar incomodado por ter que tingir o cabelo de novo só porque um amigo de Jinny vinha visitá-lo. Puxar obsessivamente o chapéu para baixo enquanto caminhava por um beco familiar da feira, mesmo estando sozinho.

— Dessa forma, você nunca será completa — o Sr. Won Dong-ung disse de repente.

A mulher voltou o olhar para ele, capturado pela câmera do dispositivo.

— O que você disse? — perguntou a mulher, em um tom afiado.

— Eu sou como você.

O Sr. Won Dong-ung respirou fundo e tirou o chapéu. Seu cabelo, úmido de suor, revelava um tom avermelhado.

— Este é o meu passado. E eu... passei a vida inteira tentando apagá-lo.

— Pai, você não tingiu o cabelo...? — Jinny sussurrou.

O jovem alternava o olhar entre Jinny e o Sr. Won Dong-ung com olhos trêmulos.

— Me desculpe. Não sei qual é a sua relação com Jinny, mas não posso esconder isso para sempre - disse o Sr. Won Dong-ung ao jovem. – Sou mestiço. Nem sei quem é meu pai. Minha mãe me criou sozinha.

— Senhor, eu...

— Eu me odiei. A vida da minha mãe foi completamente destruída por minha causa. E as inúmeras pessoas que me viam nunca me colocaram no mesmo nível que elas. Para elas, eu era um monstro, um alienígena... algo que não deveria existir, algo que jamais poderia ser compreendido. Eu precisava ser invisível e desaparecer deste mundo.

O cliente enrolado colocou a sua mão tatuada sobre a trêmula mão do Sr. Won Dong-ung.

A mulher, que ouvia, gritou ferozmente:

— E daí? Você está feliz agora, expondo sua verdadeira identidade para todo mundo?

— Não, eu... — o Sr. Won Dong-ung fez uma pausa para recuperar o fôlego e respondeu. — Eu te disse, sou como você. Eu me matei. Assim como você. Quando interagia com os terráqueos, tingia o cabelo e usava um chapéu. Vivia como se fosse um deles.

Ele então virou o olhar para o escuro terminal. O lugar que lhe deu um novo refúgio. Um espaço onde alienígenas excêntricos da 38ª galáxia vagavam livremente. Um lugar onde ele, outro alienígena, podia simplesmente existir.

— E só quando cheguei aqui... comecei a sentir que finalmente estava me libertando de toda aquela pressão.

— Senhor, eu já sabia. Jinny me contou...!

Jinny cutucou as costas do jovem. O Sr. Won Dong-ung ignorou e continuou:

— Todos aqui são diferentes. Isso me fez sentir como se eu fosse apenas mais um entre eles. Mas sabe... — ele olhou para a placa envelhecida. Sua mãe havia escrito as letras nela, e por quarenta anos ele a observou. Ao baixar o olhar, viu a nova placa improvisada pelo jovem, feita de tábuas mal pregadas. Pegou um papel com a palavra "conveniência" escrita em vários idiomas da 38ª galáxia. Observando as diferentes letras, ele disse. — As lembranças continuam voltando. Os momentos que eu queria apagar.

Clack. A mulher engatilhou a arma novamente

— É por isso que estou dizendo que vou apagar tudo.

Ela mirou a outra mulher, a sua versão original. Mas sua arma tremia. O Sr. Won Dong-ung falou baixinho:

— Deve haver outra maneira. Uma forma de viver sem apagar o passado. Para você... e para mim também.

A mulher feita de gráficos pixelados assentiu. Segurando o braço ainda um pouco danificado, ela caminhou lentamente em direção à arma, ou seja, à outra mulher. Então, abriu a boca e falou. Com uma voz hesitante, fragmentada:

— Tenho orgulho de você. — A mulher com a arma virou o rosto bruscamente. A mulher pixelada continuou. — Se o futuro me tornar assim, essa versão incrível…

— Cale a boca! Eu fiz de tudo para me livrar dessa versão estúpida! Como você pôde, como você…

"Eu…", o cliente enrolado hesitou um pouco antes de digitar no tablet, "eu queria que Jeicy e você existissem neste mundo."

A mulher de casaco empalideceu ao ler aquelas palavras.

"Vocês duas são, no fim das contas, a mesma pessoa. A minha amiga de infância que compartilhou os últimos momentos do nosso planeta em chamas… minha única amiga sobrevivente de nossa terra natal, Jeicy."

A mulher de casaco ficou em silêncio. Lentamente, guardou a arma de volta no bolso do casaco e virou-se, desaparecendo para além da tela cinza. Enquanto isso, a mulher original falou baixinho:

— Nuá — o cliente enrolado inclinou levemente a cabeça para a câmera. A mulher original continuou. — Lembra do que conversamos antes? — A fala da mulher ainda era fragmentada e hesitante, como a de uma criança aprendendo a falar. — Não conecte mais. Pode me abandonar em qualquer lugar. Quero descansar aqui dentro.

— E se eu cuidar de você como antes? Te levar para todos os lugares, mas sem conectar.

Os lábios pixelados hesitaram.

— E se isso acontecer de novo…?

— Nunca mais vou te perder. Eu prometo.

A mulher pensou por um momento em silêncio e assentiu. Ela então se curvou levemente para os três humanos que apareciam na câmera.

O cliente enrolado removeu o pendrive com extrema delicadeza e o guardou fundo em seu casaco. Com um olhar carregado de melancolia, ficou sentado em silêncio. Sr. Won Dong-ung deu dois tapinhas em suas costas.

— Passe aqui mais vezes.

— Ah! — o jovem bateu na própria mão e rapidamente pegou um papel ao lado do estrado.

— Escreva também, cliente. Vamos fazer a placa amanhã!

— Não, eu não pretendia colocar todos esses idiomas na placa... — o Sr. Won Dong-ung murmurou, deixando a frase inacabada.

O cliente enrolado, que não tinha ouvido essas palavras, pegou o lápis e escreveu em um pequeno espaço que restava no canto do papel. Os caracteres, apertados como uma ilustração, formavam uma bela escrita. Ele sorriu levemente.

"Este é o idioma da minha terra natal. Achei que nunca mais fosse usá-lo..."

O jovem olhou para as letras e exclamou:

— Que bonita a sua caligrafia!

— Não tem jeito... Coloque tudo na placa — Jinny disse ao Sr. Won Dong-ung.

Ele deu de ombros, mas de repente estreitou os olhos e olhou para Jinny:

— Mas vocês dois... qual a relação de vocês, afinal?

EP 7.

Um coração azul e brilhante

Em algum lugar da 44ª galáxia, há um terminal de baldeação decadente...

Para ser mais exato, esse terminal fica na 44ª galáxia, no Sistema Solar, no planeta Terra, no Continente asiático, na República da Coreia, na cidade de Seul e nos arredores do mercado de Bongcheon-dong. Esse terminal, se observado com atenção, revela-se um lugar fascinante. Corredores onde árvores da 38ª galáxia crescem entre tijolos vermelhos da Terra são percorridos por passageiros que viajam para outros planetas e sistemas solares.

E, como sempre, uma pequena loja de conveniência permanece firme nesse cenário. Conta com vários clientes fiéis e, recentemente, foi mencionada numa famosa revista da 38ª galáxia. Portanto, poderíamos dizer, com certa cautela, que o dono da loja, o Sr. Won Dong-ung, se tornou uma pequena celebridade por lá.

No entanto, sua rotina permaneceu inalterada. Todos os dias ele limpava a loja, atendia os clientes e, à noite, se recolhia no quarto atrás do balcão para dormir. Como poderiam chegar clientes de madrugada, ele não trancava a porta.

E, no dia em que sua loja completava um ano e uma semana, a rotina começou como sempre: simples e tranquila. Mas até mesmo a mais previsível das rotinas pode sofrer reviravoltas. Naquele dia, o Sr. Won Dong-ung não estava atendendo clientes. Em vez disso, estava no pátio da loja, gritando:

— Ei, se vai martelar, tem que colocar algo embaixo! Não dá para segurar com a mão assim! Quer furar a própria mão? Pare com isso agora!

Com as mãos na cabeça, ele assistia ao jovem martelando a placa da loja enquanto tirava a própria mão da frente no último segundo.

O som de madeira rachando ecoou. Era a placa que o Sr. Won Dong-ung havia pintado desde a madrugada. Ele desenhara pacientemente cada uma das escritas alienígenas que os clientes haviam deixado. E agora, bem diante de seus olhos, aquela placa estava se estilhaçando.

— Não! — o Sr. Won Dong-ung gritou.

— Calma, sogro! Podemos colar de volta e...

O jovem começou a recolher os pedaços. Mas o Sr. Won Dong-ung olhou para eles com desânimo.

Os fragmentos não pareciam estar em condições de serem reparados. O que já fora uma placa remendada com pregos desajeitados se transformara em pedaços sem chance de conserto.

— Mas o que é isso? Está fabricando *souvenirs* da loja? — uma voz animada surgiu sobre as sombras projetadas pelos pedaços quebrados.

Ao levantar a cabeça, o Sr. Won Dong-ung viu o cliente jornalista observando a cena com interesse. Ao lado dele, o cliente de terno se abaixava para pegar um dos fragmentos.

— Quero comprar este. Contém o idioma da minha terra natal.

O cliente de terno girava o pedaço de madeira nas mãos. O Sr. Won Dong-ung estreitou os olhos e olhou para o jovem, que abaixou os ombros de forma lamentável.

— Não caio mais nessa sua cara de coitado — disse o Sr. Won Dong-ung.

Naquela manhã, o jornalista havia trazido o cliente de terno até ali por um motivo específico: o *shake* de cereais. Depois de se tornarem amigos no dia anterior, conversaram até o embarque no terminal, e o jornalista mencionou a bebida de cereais que já havia experimentado na loja do Sr. Won Dong-ung. E assim, os quatro – o jornalista, o cliente de terno, o jovem e o próprio Sr. Won Dong-ung – estavam agora sentados no quintal da loja, saboreando o *shake* juntos.

— Então esse jovem é seu genro?

— Já falei que ele não é ainda! — gritou o Sr. Won Dong-ung.

O jovem, com um sorriso bobo e um bigode de *shake* de cereais nos lábios, riu de forma ingênua. O cliente de terno bateu palmas, como se tivesse entendido:

— Ah! Então o casamento já está próximo? Nos convide para a cerimônia!

— Já disse que não!

Enquanto o Sr. Won Dong-ung se irritava com os clientes que não o entendiam, alguém entrou na loja. Ele deixou os três conversando no quintal e adentrou à loja.

O cliente recém-chegado era um rosto conhecido. O cachecol surrado ainda envolvia seu pescoço, mas, diferente da última vez, ele não estava mais tremendo e seu rosto parecia muito mais iluminado.

— Você está com uma aparência bem melhor — o Sr. Won Dong-ung comentou ao ver o engraxate que visitava a loja pela primeira vez em um ano.

O cliente sorriu sem jeito e apontou para a lareira:

— Está achando que isso aqui é sauna?

O Sr. Won Dong-ung resmungou, mas logo puxou uma cadeira para ele se sentar perto da lareira. Jogou mais algumas lascas de carvão dentro do fogo. O silêncio e o calor preencheram a loja.

O cliente engraxate estava tranquilo, diferente da última vez em que parecia inquieto. Agora, exalava a calma de quem já passou muito tempo viajando. Ele se aqueceu por um momento e, ao cruzar olhares com o Sr. Won Dong-ung, sorriu.

No quintal, risadas eram ouvidas de tempos em tempos. O Sr. Won Dong-ung se perguntou se Min Gyu ou Min Dung – ou seja lá qual era o nome do jovem – havia cometido mais alguma trapalhada.

De repente, ele se virou para o balcão e começou a preparar algo. Logo, entregou um copo de *shake* de cereais ao cliente engraxate.

— Experimente. Os habitantes da 38ª galáxia costumam gostar.

— Obrigado. Muito obrigado. E desculpe mais uma vez.

— Não foi nada. Não precisa engraxar meus sapatos desta vez.

O Sr. Won Dong-ung apontou para suas sandálias. O engraxate balançou a cabeça.

— Amigo, hoje eu trouxe algo para lhe dar.

— Por que você sempre quer me dar algo?

— Por favor, aceite. Vim aqui para entregar isto.

O cliente colocou a mão dentro do cachecol e tirou um pequeno cristal brilhante. O Sr. Won Dong-ung segurou a pedra contra a luz. Dentro dela, um padrão azul parecia se mover lentamente como um redemoinho.

— Essa estampa... se parece com a do seu cachecol.

— Sim, mas a pedra veio primeiro. O cachecol foi feito com base nela.

O cristal não parecia valioso, o que evitava que o presente fosse um fardo. Além disso, o olhar sincero do cliente fez com que o Sr. Won Dong-ung aceitasse o presente com gratidão.

— Por que trouxe algo assim? É uma lembrancinha?

O cliente disse sorrindo radiante.

— Não pense demais. É uma tradição nossa. Aceite. É um símbolo da nossa peregrinação.

— Então, no fim das contas, era melhor ter deixado a placa como estava.

— Não é? Vamos conversar sobre isso.

A porta dos fundos se abriu e o som das conversas das pessoas foi ouvido. Ao mesmo tempo, as cabeças dos dois que estavam na loja se viraram. As três pessoas que estavam no quintal entraram na loja. O cliente de terno viu o engraxate e congelou por um momento. O Sr. Won Dong-ung suspirou e perguntou:

— Querem mais *shake* de cereais?

— Sogro, eu aceitaria com prazer!

— Me sirva mais também!

Eles caminharam ao longo das prateleiras. O cliente engraxate recuou para um canto. O Sr. Won Dong-ung observou com amargura o cliente de terno prender a respiração ao passar por ele. Afinal, ele tinha sido a pessoa que ajudou a salvar a criança junto com o Sr. Won Dong-ung. Era alguém que sempre tratava o Sr. Won Dong-ung, um "alienígena" completamente diferente, com gentileza. Era a mesma pessoa que sugeria adicionar os idiomas diversos na placa da loja. Mas, ao mesmo tempo, era alguém que desprezava certas pessoas. Assim como ele fez, assim como outros clientes fizeram, assim como todos faziam.

O cliente de terno recusou educadamente e se virou sem nem sequer um olhar. Foi então que o cliente engraxate o chamou com uma voz que soava como areia escorrendo. O cliente de terno hesitou por um instante e então se virou. O cliente engraxate estava estendendo algo. Era uma pedra quase idêntica à que havia dado ao Sr. Won Dong-ung.

Quando o cliente de terno hesitou um pouco, o engraxate colocou cuidadosamente a pedra sobre o balcão e recuou novamente. Em seguida, repetiu as mesmas palavras que havia dito ao Sr. Won Dong-ung, mas agora com um pouco de gagueira.

— I-isso faz parte da nossa tradição. Por favor, aceite. Quando se começa a jornada de peregrinação, deve-se oferecer isso à primeira pessoa que encontrar.

O cliente de terno permaneceu parado, inexpressivo. O Sr. Won Dong-ung, ao ouvir aquilo, interveio.

— Eu também recebi uma. Ela brilha lindamente. Vou pendurá-la aqui no balcão.

Ele levantou a pedra que tinha recebido e a agitou no ar com certo entusiasmo. O redemoinho dentro da pedra reluziu.

— Uau, isso é incrível! Eu também quero uma!

— Oh, é a primeira vez que vejo isso pessoalmente! Posso tirar uma foto?

Enquanto o jovem e o cliente jornalista faziam alvoroço, o cliente engraxate continuou falando com determinação:

— É-é necessário dar para o primeiro amigo que se encontra. E eu encontrei você também… então…

O cliente de terno caminhou de volta para o balcão. O engraxate, que ainda estava ali, rapidamente deu a volta na loja para evitar ficar no caminho. O cliente de terno pegou o presente que estava sobre o balcão. Como o Sr. Won Dong-ung havia feito antes, ergueu a pedra contra a luz. Dentro dela, algo azul brilhava e se movia como ondas. Ele segurou a pedra firmemente na mão.

Perto da porta, o cliente engraxate acenou com a mão.

— Obrigado por aceitar. Obrigado. Sejam todos felizes.

Quando o cliente engraxate saiu, restaram apenas o Sr. Won Dong-ung e os três amigos do quintal.

O cliente de terno rolava a pedra na mão distraidamente e, de repente, falou:

— Nós conversamos um pouco e pensamos em algo. Em vez de substituir a placa da loja, que tal aproveitar a que já está aí?

O cliente de terno cuidadosamente envolveu a pedra em um lenço e a guardou no bolso interno do paletó.

O jovem interveio animadamente:

— Sim, sogro! Pelo que soube, essa placa foi feita pela sua mãe, não é? Seria um desperdício jogá-la fora. Jinny me contou tudo!

— Essa Jinny... Contou que sou mestiço, contou isso também... O que é que ela não contou? — disse Sr. Won Dong-ung franzindo as sobrancelhas.

— Ela também disse que eu pareço com a mãe dela. Hehe.

O jovem sorriu sem graça, e o cliente jornalista acrescentou:

— Então, a ideia agora é simplesmente adicionar os idiomas da nossa galáxia à placa original. O que acha? Essa foi a minha ideia desde o começo!

— Acho que fui eu quem sugeriu isso primeiro... — o jovem murmurou.

Eles subiram em escadas e começaram a escrever palavras na placa. Sobre a placa que a mãe do Sr. Won Dong-ung havia feito, agora se adicionavam as palavras do jovem e dos clientes.

Eles olharam para a placa com expressões satisfeitas. Algumas pessoas que passassem por ali seriam capazes de ler o que estava escrito enquanto outras não entenderiam nenhuma das línguas. Mas isso não importava. A grande placa ainda tinha muito espaço em branco, e qualquer cliente que quisesse poderia acrescentar sua própria língua a qualquer momento.

— Ficou muito bom, não?

— Ei, aquela ali está escrita da melhor forma!

— Mas foi você mesmo quem escreveu!

Olhando para a placa, que misturava coreano e línguas "alienígenas", o Sr. Won Dong-ung percebeu de repente que não desejava mais investimentos ou sucesso. Aquela placa era como ele próprio. Ele era um alienígena, um coreano, um terráqueo... e, ao mesmo tempo, apenas uma pessoa.

E era ali, naquela conveniência única dentro do Terminal de Transferência da 44ª galáxia, que ele continuaria vivendo.